AF368806

MADDOM

Ese es el nombre del mayor centro psiquiátrico y penitenciario del mundo. Hoy sus muros han caído, liberando no solo a criminales y a dementes, sino también a seres mucho más monstruosos.

Al llegar a la gran ciudad donde este se encuentra, Tony se topa con un infierno: el sonido de los gritos junto al de las sirenas es insoportable, la gente huye atemorizada, la sangre mana, y el fuego arde en las calles.

Una organización secreta trata de controlar todo ese caos sin miramientos ni piedad.

¿Podrán sus habitantes sobrevivir a las
pesadillas sin sucumbir a la locura?

¿Podrán recuperar la tranquilidad de
sus vidas y de su ciudad?

BIENVENIDOS A

MADDOM

S. A. M.

Agradezco el apoyo, la ayuda y la motivación que me han entregado, con todo su corazón, mis familiares y amigos. Y, por supuesto, a todo lector que me dedique parte de su tiempo. Esta obra es tan vuestra como mía.

Corregido por Gema Barcos

LA DESTRUCCIÓN

INTRODUCCIÓN

Este es un paseo a pie por una carretera no tan larga, llamada «vida», llena de encrucijadas que definen nuestro destino y de extraños desconocidos con quienes nos cruzamos.

Nosotros mismos, en teoría, somos quienes la construyen y, por supuesto, quienes deberíamos decidir hacia dónde nos lleva. Sin embargo, siempre, constantemente, a nuestras espaldas, se alzan perversas y oscuras sombras que pretenden acabar con nuestra voluntad haciéndonos la zancadilla para que caigamos contra ese duro y ardiente suelo de asfalto que nos desgarra la piel de las rodillas.

Sabes de lo que hablo, ¿verdad? De aquellos fantasmas que se manifiestan en forma de suceso, sentimiento o ser, y que nos torturan en nuestras pesadillas más terribles.

En mi vida he oído cientos de veces que, tras cada caída, volvemos a ponernos en pie. Pero lo que no dicen, o al menos nunca he escuchado a nadie decir, es el precio que pagamos por ellas, qué parte de nuestro cuerpo mutilado hemos dejado atrás y con cuántos parches cubriendo nuestras sangrientas heridas deberemos continuar vagando; porque, aunque intentemos negárnoslo cerrando los ojos para no verlo y que no parezca real, todos sabemos que en el fondo estamos demacrados, hechos a piezas.

Y si esto es cierto, si somos maquinas en constante actualización, solo puedo pensar que nunca volveremos a ser quienes fuimos ayer. ¿Y si mañana se acerca una sombra tan poderosa que logra cambiarme por completo? Una que redistribuya el camino que he construido hasta hoy simplemente por el placer de hacerlo, sin importar cuánto me haya costado alcanzarlo ni cuánto vaya a perder.

La primera parte de toda redistribución es la destrucción: el mutilar, arrancar, separar cada una de las partes que forman a ese ser en su totalidad.

1

Una ensordecedora alarma resuena por todas las calles de la oscura ciudad. Proviene de Maddom, una inmensa y lúgubre cárcel situada al suroeste de esta. Sus focos, en la cima de cada una de las torres, apuntan a un suelo repleto de rocas, cuerpos y sangre tratando de seguirle el paso a los cientos de presos que salen a través de su deteriorado muro a empujones, golpes y pisotones; una estampida de gente que, una vez fuera, se dispersa y desaparece en un laberinto de calles.

Cerca de allí, Tony, un joven de veintiséis años vestido con ropa de excursionista, con un gorro verde oscuro en la cabeza y una barba completa pero lo suficientemente corta para no ocultar la piel de su rostro, agarrando con fuerza las asas de su mochila y su linterna, sale de entre la tenebrosidad del bosque que rodea aquella ciudad desconocida para él, encontrándose de frente con el infierno liberado sobre la tierra.

Se oyen gritos de horror, de dolor y de desesperación que provienen del interior de varios vehículos de aquella misma calle, junto con deslumbrantes y ardientes llamas. Ríos de sangre desembocan en las alcantarillas. Una gran cantidad de cuerpos sin vida ocultan el arcén. Suenan disparos y más disparos; hay policías armados en cada esquina. Y, en la orilla del bosque, un grupo de seis jóvenes trata de escapar de todo aquello. Son dos mujeres y cuatro hombres.

—¡Vamos, tíos, no paréis! —grita Sam, que está al frente de los corredores y luce una piel tan blanca como la nieve, en total contraste con el tono oscuro de su cabello, recogido con un pequeño moño en la parte trasera. Viste ropa deportiva, al igual que el resto de sus compañeros, aunque en su caso es toda negra.

Tony, bloqueado, no sabe qué hacer. Contempla asustado su alrededor, de lado a lado. Mira hacia atrás, hacia el bosque, pensando en volver a adentrarse en él; pero es solamente un pensamiento fugaz, pues sabe que ese tampoco es un camino de rosas y que tiene una misión que debe cumplir y que no puede ignorar. Solo existe, por tanto, la posibilidad de seguir adelante.

Así pues, sin más miramientos, echa a correr junto a aquellos desconocidos corredores antes de que se alejen más de él. «No parecen peligrosos, solo asustados, por eso huyen», piensa tratando de autoconvencerse al dar el primer paso.

—¿Qué está pasando? —intenta preguntarles desconcertado mientras corre lo más rápido posible para alcanzar al grupo.

—¡Ven con nosotros, deprisa! —le contesta el más bajito de todos ellos, Ivan, quien también es el mayor de la pandilla, a pesar de que intente disimularlo con su estilo juvenil, sus colgantes y su cabello rizado y corto tan repeinado.

—¡Vamos, vamos! —insiste Sam liderando al grupo.

Rápidamente, y siguiendo al líder, se colocan escondidos detrás de unos contenedores volcados donde esperan a que pasen más furgones policiales. Parece que no quieren ser vistos. Tony aprovecha el descanso para volver a preguntar:

—Pero ¿qué es lo que ocurre?

—¡No hay tiempo! —le contesta Sam desde su derecha mientras asoma la cabeza para comprobar si el camino vuelve a estar despejado.

Tony los observa a todos. Ninguno de ellos dice nada; tan solo tratan de conservar la calma a pesar de estar evidentemente impactados por toda la destrucción, y de recuperar el aliento que ahora escasea en sus pulmones.

Unos segundos más tarde, Sam se pone en marcha de nuevo. Los demás se apresuran a seguirlo intentando mantener su estabilidad mental, ignorando lo acaecido y no involucrándose en lo que sucede en torno a ellos, por muy difícil que sea.

Los destrozos no solo están en la calzada, ninguna de las casas cercanas permanece intacta. Los cristales de las ventanas estallan y caen al suelo en miles de pedazos. Las puertas están agujereadas, arañadas y destrozadas. Pero lo peor…, lo peor ocurre en su interior, donde los gritos de auxilio hablan por sí solos.

Cruzan dos, tres, cuatro calles, percibiendo que toda la ciudad está igual. Por suerte para ellos, a medida que avanzan, se van alejando de todo aquello, pues los destrozos disminuyen al menos por el momento, ya que corren por delante de las hienas.

—¿Y a dónde vamos? —insiste Tony siguiéndoles el paso y esperando a que alguien le dé alguna respuesta de una vez por todas.

—Vamos a mi casa —contesta molesto e imponente el corpulento joven de piel negra llamado Michael. Resulta intimidante por su invariable seriedad, sus dos metros de altura y sus, al menos, cien kilos de peso. Pero, sobre todo, son las dos piedras esmeralda brillantes que lleva por ojos lo que todavía hace más difícil mantener el contacto visual con él—. ¡Por aquí!

Continúan corriendo sin bajar el ritmo, con la vista al frente, manteniendo el rumbo y la cabeza fría hasta que, al fin, tras girar en otra encrucijada unos metros más allá, se encuentran con la casa de Michael. La vivienda es grande, consta de dos plantas color ladrillo, y está rodeada de un jardín y situada en un barrio que aparenta normalidad (tal vez por estar apartado del centro o, quizás, simplemente, porque a la oscuridad no le ha dado tiempo todavía a conquistarlo y a ponerlo patas arriba).

Michael esprinta adelantando a sus compañeros para ser el primero en llegar al porche de su casa. Acto seguido, coloca su bolsa deportiva abierta en el suelo y rebusca en ella las llaves mientras los demás van llegando.

—Va, va, va, ¿dónde estáis? ¿Dónde estáis? —murmura removiendo sin éxito todo su equipaje—. ¡Mierda! Esperad.

Serio, se pone en pie y arranca, sin suponerle mucho esfuerzo, el número de la puerta, el 4, haciendo caer así una copia de la llave que guardaba allí detrás.

Rápidamente, se arrodilla para recogerla y la introduce en el bombín sujetándola con sus dos grandes manos temblorosas por los nervios, abriendo la puerta y cediéndole el paso a sus compañeros, como buen anfitrión:

—Daos prisa, vamos, todos adentro.

El interior de la casa es bonito, brilla una luz cálida. A la izquierda, hay un espejo sobre el típico mueble de recibidor y una puerta que te lleva a la cocina. Todo recto, está la entrada al salón, donde hay una gran mesa, estanterías con muchos libros, un gran televisor frente a un sofá y dos sillones. Enfrente, unos ventanales desde donde se puede ver un amplio y colorido jardín repleto de árboles que hacen que te sientas como si estuvieras en una cabaña en medio del bosque. En la parte derecha, bajo las escaleras, unas bonitas plantas. Todo parece muy cuidado, ordenado y limpio. Con esa casa es fácil hacerse a la idea de lo que le gusta a Michael (naturaleza, libertad y tranquilidad) y de cómo es.

Una vez están todos dentro, a salvo, y con la puerta de entrada bien cerrada, el anfitrión se queda frente a ella apoyando la cabeza de pie sobre esta y, al igual que el resto, sin saber qué decir, oyendo solamente sus agitadas respiraciones.

Sam rompe aquella incómoda situación:

—Tenemos que cerrar todas las puertas y ventanas.

Michael, que es el primero en reaccionar, se da media vuelta y camina desanimado y serio plantándose frente a las escaleras:

—Sí, te ayudo. Los demás quedaos aquí.

—Vale, gracias, Michael —le agradece Raquel con una sonrisa débil pero sentida, a pesar de lo dolida y preocupada que está. Sin duda, es la más joven de todos ellos, de apenas veinte años. Su bello rostro se ve enternecido por la forma triste de sus cejas negras, que desvelan que su larga melena, a pesar de lucir rubia, en realidad es teñida. Estira su atlético cuerpo a un lado del recibidor tratando de tranquilizarse.

—Bueno, no hay tiempo que perder —dice Michael en voz baja mientras arranca a subir las escaleras cabizbajo.

Sam lo sigue.

Tony vuelve a observar a sus nuevos compañeros; pero esta vez de una forma diferente, ya que, sin haberse dado cuenta, se encuentra entre desconocidos, en una casa desconocida y en una ciudad desconocida aparentemente similar al mismísimo infierno. Se pregunta si realmente puede fiarse de ellos o si, como de costumbre, se ha metido él solito en la boca del lobo.

Al lado de Raquel, apoyada en la pared mirando al suelo y con una mano en la frente, está Sara, rozando la treintena de edad, de poco más de metro y medio de altura y un tanto gruesa, con un cabello rubio oscuro bastante corto, pero aun así alborotado.

Jose es el más nervioso de todos o, por lo menos, el que más lo exterioriza. Sus sudorosas manos tiemblan, y no deja de morderse el labio inferior. Tanto por su cabello como por su piel, parece ser sucio y descuidado; además, es tan alto y delgado como un esqueleto andante.

—Esto es una locura, esto es una locura, esto es una locura, esto es una locura... —repite este último una y otra vez susurrando para sí mismo, poniendo así de los nervios a los demás sin darse cuenta. A pesar de ello, no dicen nada, pues comprenden su angustia.

Desde aquel resonante recibidor y con ese silencio, se escuchan los portazos de las ventanas del piso superior que Sam y Michael están cerrando rápidamente y con fuerza, sin miramientos, sin pensar que quizás alguien peligroso podría escucharlos desde el exterior.

—Perdonad —interrumpe Tony ahora que parece un mejor momento—, ¿alguien puede explicarme lo que ocurre aquí?

—Los presos de Maddom se han amotinado y han escapado —responde Ivan en seco.

—¿De qué? —pregunta al instante, sintiéndose todavía más descolocado.

—¡Ja! —suelta Jose, burlándose aún y con los brazos cruzados y temblando—. Tú no eres de aquí, ¿verdad?

—No, solo estoy de paso.

—Maddom es el mayor centro psiquiátrico y penitenciario del mundo —le resume Ivan.

—O sea, una cárcel para locos peligrosos —aclara Jose sin tacto alguno.

—Bueno… —Raquel entra en la conversación sin alzar mucho la voz—. Desde pequeños hemos escuchado historias aterradoras de ese lugar y de sus presos.

—Historias que seguramente sean mentira —contesta Jose sacando a relucir su vena escéptica.

—¿Y tú qué sabes? —alza la voz Sara, molesta.

—¡Ja! Monstruos y fantasmas, Sara... —vuelve a responder escépticamente.

En el piso superior parece que todo está en orden. Sam y Michael lo han comprobado dos o tres veces antes de decidir regresar al recibidor con el resto.

—¡Las autoridades han advertido de que es muy peligroso estar en la calle, y han pedido que nos quedemos encerrados en casa! —grita Sam con su potente voz mientras va bajando las escaleras.

—Y por eso hemos venido corriendo a la casa más cercana —añade Ivan para acabar de aclararle las cosas al recién llegado.

—La mía —concluye Michael ya en el recibidor mirando imponente, impávido y de frente a Tony—. ¿Y tú quién eres?

Todos se ponen frente a él en medio círculo, muy serios, observándolo cual carniceros antes de cortar en pedazos un tocino.

—Me llamo Tony. Acabo de llegar a la ciudad, he cruzado el bosque y me he encontrado con todo este caos.

Los demás ni se inmutan, continúan mirándolo de manera inquisidora.

—Gracias por acogerme y no dejarme allí fuera solo —dice intimidado y tenso.

Al ver su enternecedora respuesta, Michael relaja su cuerpo y, con él, el ambiente:

—No hay de qué. Estos son Ivan, Sam, Sara, Jose y Raquel, y yo soy Michael —le explica indicándole con el dedo quién es cada uno de ellos.

—¡Pues qué mala suerte! —contesta Ivan empatizando con el nuevo—. ¿A dónde ibas?

—Al desierto.

—¿Al desierto? —se extraña Sam.

—Sí, mi misión es explorar la ciudad en ruinas —responde brillante y orgulloso antes de que Jose, sin modales, arranque a reír.

—¿Ibas a la ciudad maldita?

A Sam también se le escapa una carcajada irónica:

—No hace falta que vayas tan lejos, aquí mismo tienes otra.

—Bueno, dicen que hay un refugio bajo la ciudad con gente que nunca ha visto el cielo —trata de explicarles Tony—, y los que sí lo han visto serán ancianos ya. Sería increíble encontrarlos y mostrarles el mundo que hay sobre ellos.

—¡Suerte! —dice Jose sarcásticamente.

Sara no puede mantener la boca cerrada ante la continua falta de respeto de Jose:

—Oye, tío, eres un poco imbécil, ¿no?

—A mí me parece muy interesante —opina Ivan defendiendo al nuevo.

Michael cambia de tema tajantemente:

—Muy bien. A ver, necesitamos organizarnos: comida para tantos no tengo, así que mañana deberíamos salir a comprar, y también sería conveniente mejorar la seguridad, porque esta casa es muy grande y puede entrar quien sea por donde quiera.

—¿Pero no habéis cerrado las ventanas? —pregunta Jose tratando de quitarle hierro al asunto.

—Sí, pero con una piedra se abren —le contesta Michael.

—Nos vendría bien algo de madera para tapiarlas —comenta Sam.

Michael afirma con la cabeza mientras sigue dándole vueltas a todo lo que puede faltar:

—Quizás esta noche también deberíamos hacer turnos para vigilar, ¿no?

—¿Qué dices, tío? —Jose lo interrumpe para quitarle importancia de nuevo a lo que está ocurriendo—. ¿Madera y vigilancia? Que no cunda el pánico, tíos; la poli hará su trabajo.

—Vale, Jose, ya sabemos que no estás dispuesto a hacer una mierda, pero esa gente es muy peligrosa; no estaría de más —le responde Sam velozmente y enfurecido.

—Yo lo veo bien. Si estaban allí encerrados, por algo sería; no creo que les cueste mucho colarse en una casa así de grande —recalca Sara todavía molesta con él.

—Bueno, lo cierto es que con lo grande que es esta ciudad, tampoco creo que haya un loco en cada calle —opina Ivan apoyando esta vez a Jose, que se lo agradece al momento con un gesto.

—¿Que no? —le responde Raquel—. ¿Acaso sabéis lo grande que es Maddom? Si fueran lo suficientemente listos, podrían invadir la ciudad en unos días. Hay cientos y cientos de personas allí.

Rápidamente, rectifica triste y en voz baja:

—Bueno…, las había.

—Monstruos —la corrige Sara.

—¿Qué?

—No son personas, son monstruos —recalca afligida.

Lo cierto es que no todos los internos de Maddom son igual de peligrosos. Aun así, Raquel mira a Sam en silencio con cara de haber metido la pata.

—¿Qué más dará? —irrumpe Tony—. ¿Cuánto tiempo creéis que puede durar esto?

—No lo sé, pero seguro que bastante. Si hay alguien esperándote, puedes llamarlo. El teléfono está ahí —le contesta Michael señalando el aparato, que está sobre un estante del salón.

Tras agradecérselo, Tony camina hacia este alejándose del grupo y descolgando para llamar a ese «alguien» mientras los demás siguen discutiendo sus teorías en el recibidor; todos excepto Michael, que también decide ausentarse para ir a la cocina a por cervezas y a por algo de comida.

A ninguno de ellos se les entiende con claridad: Tony habla susurrando, y los demás gritan superponiéndose unos a otros.

Raquel, al borde de un ataque, se pregunta cómo ha podido pasar eso con toda la seguridad que tenía ese centro. Insiste en que no logra entenderlo.

Jose, en cambio, entrecortándose, teoriza sobre conspiración gubernamental para hacer limpieza, eliminando a personas prescindibles e insignificantes para ellos.

—Estamos bien jodidos —expresa Sara—. ¡A saber cuánto tiempo estaremos aquí encerrados...! No voy a aguantar, ¿eh?, yo me muero.

Y Sam, en el centro del círculo, no deja de dar vueltas sobre su propio eje tratando de estar en todas las conversaciones para poder tranquilizarlos, aunque sea solo un poco; un gesto inútil.

La voz de Michael grita desde la cocina:

—Tony, ¿quieres una birra?

—¡No, gracias! —le contesta también a viva voz.

Se escuchan estallidos cerca; un leve bombardeo proveniente también de la cocina: «Pa, pa, pa».

Sam asoma la cabeza. Son solo palomitas saltando con fuerza y golpeando la tapa metálica de la sartén.

Tras el estallido final, Michael agarra la sartén y deposita las palomitas en dos boles. Después, coge el abrebotellas del cajón y abre una cerveza para cada uno. «Alguien se beberá la que sobra», piensa.

De nuevo en el salón, cuando Tony cuelga el teléfono, sus nuevos amigos ya han dejado en el recibidor sus agobios, y ahora lo esperan sentados en el sofá con las cervezas en la mano y el par de boles a rebosar. El aroma a mantequilla es intenso.

Tony aspira profundamente y se sienta en el sillón más cercano a él.

Michael coge el mando y, sin pensar que quizás no sería lo más apropiado debido a la situación actual en su ciudad, pone una película de terror, pues sabe que a todos ellos les chiflan.

2

D. A. P.

En las afueras de aquella agonizante ciudad, por una carretera de montaña llena de curvas, un todoterreno negro con dos furgones delante y otros dos detrás, todos igual de misteriosos y relucientes, con las lunas tintadas y sin matrícula, circula en fila a toda velocidad.

Se aproximan a la frontera, que, afortunadamente, por todo lo ocurrido, se encuentra cortada con vallas metálicas y custodiada por al menos diez agentes de policía armados hasta los dientes.

Al verlos venir, tras esperar atento su llegada, uno de los agentes se adelanta y levanta la mano ordenando que se detengan.

Los visitantes obedecen apurando la distancia. El frenazo de los vehículos levanta una nube de polvo que se esfuma lentamente con el viento. El conductor del todoterreno baja la ventanilla y agita el brazo invitando al policía a acercarse.

Un grupo de cuatro agentes rodea el vehículo con las armas cargadas y listas para disparar.

—No pueden continuar por aquí, tendrán que dar media vuelta —les informa el mismo policía que los ha hecho parar gritando desde lejos—. La ciudad está completamente clausurada.

El conductor, que viste una camiseta blanca demasiado pequeña para sus grandes músculos, inclina la cabeza para

23

llamar al hombre trajeado que habla por teléfono en los asientos traseros del vehículo:

—Señor.

El hombre con traje de piel negra luce una corta barba que parece una prolongación de su corto cabello; y unos dientes blancos, perfectos y relucientes. Permanece calmado, y se disculpa con la persona con la que tontea a través de su teléfono móvil antes de colgar la llamada y atender a su conductor:

—¿Algún problema?

—La policía nos corta el paso, dicen que la ciudad está cerrada.

—Deben dar media vuelta ahora mismo —insiste el agente entrometiéndose en la conversación—, no pueden estar aquí.

El conductor, a quien no le gusta nada que lo molesten mientras habla, mira al policía de forma despectiva de arriba abajo, sin inmutarse ni decir una palabra más.

—Espera... un... momento... —dice el hombre trajeado mientras busca algo en su mochila.

El agente de policía, aun estando en posición de poder, manteniendo alta su arma, no sabe a dónde mirar; se siente algo incómodo e intimidado por la atenta mirada del conductor.

—¡Aquí está! —celebra al sacar su mano de la bolsa sujetando un tarjetero.

Al agente no le hace falta acercarse a comprobar el nombre o la foto de dicha tarjeta, pues desde donde está ya puede apreciar las tres grandes siglas que lleva escritas: «D. A. P.».

Acto seguido, se disculpa rápidamente e informa por radio a sus compañeros para que les cedan el paso:

—Pueden continuar. La ciudad es suya.

3

Los minutos pasan para Tony y compañía mientras, comiendo y bebiendo, se divierten viendo aquella película a todo volumen. Él, a pesar de ser un chico tímido, también sonríe, se siente integrado. Así, y al menos por un breve instante, todos olvidan el mundo en el que viven.

Inesperadamente, una fortísima explosión interrumpe ese breve tiempo de desconexión haciéndolos saltar del susto.

—¡Buah! —exclama Raquel boquiabierta—. ¿Habéis escuchado eso?

—Voy a poner las noticias —dice Michael acongojado, sintiéndose como en una atracción de caída libre invertida, pasando de la felicidad y la emoción a la intranquilidad y al temor, mientras busca en el mando a distancia ese canal de noticias.

En ellas, aparece la Plaza Bayer, la plaza más grande situada al norte de la ciudad, repleta de tiendas, museos y monumentos históricos. La reportera, plantada frente a una gran hoguera que ilumina la negra noche, rodeada de policías vigilando y de bomberos intentando contener aquel poderoso fuego, informa sobre los acontecimientos:

—...sión en la Doncella de Hierro a causa del misterioso y altamente inflamable compuesto químico utilizado. Repetimos: Una cuarta explosión acaba de producirse sobre la estatua de la

Doncella de Hierro, aun y estando los bomberos trabajando aquí. Tenemos con nosotros a su jefe: Raymundo Mendoza. Hola, Raymundo. ¿Qué puedes contarnos de la situación actual de la Doncella de Hierro?

—Hola. Pues como has dicho, el compuesto que han utilizado para prender el fuego es totalmente desconocido, y ninguno de los métodos que estamos utilizando está funcionando. De hecho, ni siquiera lo hemos podido detectar aún. Somos muchos los que estamos trabajando en ello; la Doncella de Hierro es un símbolo para esta ciudad, y verla derretirse pone los pelos de punta, la verdad. Llevamos dos horas y todavía no tenemos nada, pero aquí seguiremos toda la noche y lo que haga falta.

—Muchas gracias, Raymundo, por vuestro esfuerzo y sacrificio y, por supuesto, por dedicarnos unos segundos.

—De nada, gracias a vosotros —concluye.

En la casa de Michael, parece que la impotencia, la rabia y la tristeza los golpea de nuevo. Él mismo está petrificado mirando el televisor con las manos en la cabeza.

—Pff, ¡qué duro! —expresa Jose por primera vez serio.

—Todo se va la mierda —se queja Michael muy afectado y sin mover siquiera un pelo.

Raquel, en cambio, no parece tan sorprendida. Dolida y preocupada sí, al igual que antes, pero no sorprendida. De hecho, se lo podía esperar viendo cómo está cayendo su ciudad.

—Tú no la habías visto nunca, ¿verdad? —le pregunta a Tony.

—No.

—A nosotros nos llevaban de excursión a verla cuando éramos pequeños y, a sus pies, nos contaban sus leyendas —continúa Raquel—. El acto más destacado de la mujer de la estatua fue salvar esta ciudad en la guerra, pero hay varios libros muy interesantes sobre ella.

—Si no recuerdo mal, también era de un pueblo de más allá del bosque del sur, como tú —añade Ivan.

—Esto es una declaración de intenciones: si ella cae, la ciudad cae —continúa Michael.

Sam, sentado en uno de los sillones, cree haber escuchado algo fuera, cerca de la puerta de entrada. Así que, sin decirle nada al resto, se levanta y camina hacia él despacio, intentando no hacer ruido.

Los demás dejan en el aire aquella historia y lo miran extrañados.

Sam siente que, a medida que se acerca cuidadosamente a la puerta, el ruido persistente crece. «Parece alguien llorando», piensa.

—¡Eh, tíos! Aquí fuera hay alguien —alerta en voz muy baja para que aquella persona de la calle no lo oiga.

En un abrir y cerrar de ojos, todos excepto Tony aparecen al lado de Sam, escuchando mientras tratan de hacer el mínimo ruido posible.

—Creo que está llorando —aprecia Sara.

—Sí —afirma Raquel—, una niña pequeña.

—Pobre, estará asustada —dice Ivan mirando a Michael con cara de pena—. ¡Abre!

—¿Y si es peligrosa?

—Joder, tío, es una niña que se habrá perdido —contesta Sara mientras, ignorando el comentario de Michael, abre la puerta con cautela.

Solo ella asoma la cabeza. Los demás esperan tras la puerta.

Efectivamente, es una niña de diez años junto a su muñeca de trapo, ambas sentadas en el porche de la casa y vestidas de igual forma, con un vestido a rayas negras y blancas.

—Hola, ¿estás bien? —le pregunta Sara utilizando un tono suave.

La niña, que parece verdaderamente triste, tan solo asiente con la cabeza mientras su mirada permanece fija en el suelo.

Tras ver aquello, Raquel decide salir de la casa esquivando la cabeza de Sara, que continúa asomada, pero se queda frente a la puerta, detrás de la niña.

—¿Te has perdido? —sigue interrogándola Sara.

La niña vuelve a asentir sin decir nada.

—¿Quieres entrar con nosotros? —le pregunta Raquel conmovida, intentando ayudarla, con un tono más fraternal—. No es seguro estar sola aquí fuera.

—Sí —contesta la niña limpiándose las lágrimas que se deslizan por su rostro.

Raquel se coloca a su lado, extiende la mano y le lanza una sonrisa que la pequeña recibe tímida pero esperanzada, y que le sirve para confiar en ella, agarrarla y levantarse.

Michael abandona la puerta y camina hacia el salón, donde Tony sigue sentado comiendo palomitas a la expectativa de lo que ocurre. Jose también va hacia allí.

—Voy a llamar a la poli —dice Michael con el teléfono ya en la mano.

—Creo que estarán algo ocupados hoy —le contesta Jose en tono burlón.

—¿Y qué quieres que haga?

—Nada, nada, llama —le responde haciéndose el loco.

De pronto, se escucha una robótica voz a través del altavoz del teléfono: «Ha llamado a la comisaría de policía. Todas nuestras líneas están ocupadas. Por favor, espere».

Michael suelta el aire exasperado; pero, aun así, permanece unos segundos al teléfono al son del politono de una canción que ambos conocen y que, en un momento, consigue hacerles reír a carcajadas.

Entre tanto, en la cocina, Raquel le entrega un vaso de leche a la niña, que, sentada en una silla, se lo bebe en silencio.

—Me llamo Raquel —le dice mientras coge una silla y se sienta delante de ella.

—Yo Nora —responde la niña con una voz muy fina.

—Tu muñeca es bonita, os parecéis mucho.

En el rostro de la niña, se dibuja una débil sonrisa de agradecimiento algo forzosa, ya que sus tiernos ojos siguen transmitiendo tristeza.

—Solo... —Raquel la mira de forma creativa—. ¿Me dejas peinarte?

—Vale —responde tras pensárselo, pero sin darle mucha importancia.

Raquel se levanta, se pone detrás de ella y, con dos de las gomas que lleva por pulsera, le hace dos coletas.

—Mucho mejor. Ahora solo te falta pintártelo de rojo, y serás clavadita a tu muñeca —dice Raquel antes de empezar a reír.

Nora también lo hace, pero solo hasta que Ivan y Sam entran en la cocina. Entonces, vuelve a su estado: seria, callada...

—Michael ha llamado a la policía, pero no contesta nadie —informa Ivan mientras Sam camina directo hacia la niña.

—¿Puedes decirnos de dónde vienes?

Nora, de nuevo con la boca sellada, tan solo encoge los hombros.

—Estará cansada —salta Raquel en su defensa—, es tarde.

—Sí —afirma Ivan—, será mejor ir a dormir; y mañana ya lo solucionaremos.

Sara, que de repente aparece también en la cocina, llama a Michael gritando su nombre a viva voz; pero él, en lugar de contestar, camina tranquilo desde el salón hasta la cocina.

—¿Qué? —responde al llegar, también con mucha tranquilidad.

—¿Dónde podemos dormir?

—Donde queráis. Arriba hay habitaciones de sobra.

Jose, escuchando desde el recibidor junto a Tony, le cuchichea guiñándole un ojo:

—Vaya casoplón tiene este para él solito, ¿eh?

Tony sonríe frágilmente para no ser grosero y, sin decir nada, marcha hacia el piso de arriba seguido por casi todos los demás, que avanzan derrotados.

En realidad, todos excepto Sam, que se queda sentado frente a la mesa de la cocina, porque alguien debe vigilar la casa, y porque así también puede escribir en su libreta, como hace de costumbre, para liberar el peso que sostiene en su cabeza, las imágenes que parpadean cual relámpago y que le vienen a la mente de este despiadado y doloroso inicio: un tren a toda velocidad descarrilando en una curva; un bosque carbonizado, completamente negro, donde solo pueden verse las cenizas y el humo flotando por el aire; una mujer llorando en un entierro a la que el viento deja sola y que, sin más fuerzas para soportar el dolor, se vuela la cabeza cayendo sobre las tumbas de sus dos hijos… Y una enorme roca al borde de un acantilado donde un cuervo negro se detiene a descansar y, accidentalmente o no, la hace caer hacia el abismo más profundo.

Hoy me he dado cuenta de algo que, a pesar de haber escuchado infinidad de veces, nunca había querido entender.

Una piedra pequeña e insignificante puede hacer descarrilar un imponente y veloz tren. Una simple chispa puede tornar cuanto nos rodea en cenizas. Cualquier palabra, incluso esta, puede ser la última que salga de tus labios. Cualquier movimiento puede desencadenar una tragedia.

Odio esto, lo odio con todas mis fuerzas; pues, por muy firme que estés y por mucho que resistas una y otra vez, si alguien a nuestro lado se pierde en el camino, todos nos perderemos.

Hoy me he dado cuenta de que aquella balanza que creíamos tener controlada siempre acaba inclinándose, poco o mucho, hacia el lado opuesto, cediendo nuestro orden al caos.

SAM

Ahora que la noche es profunda, el ruido del exterior se escucha con más intensidad. Entre silencio y silencio, suenan disparos, sirenas, explosiones. Afortunadamente, al final, después de pesadillas y llantos, todo ruido enmudece, pues todos duermen; incluso Sam, que cae a la vez que sus párpados sobre sus escritos.

4

RAQUEL, SARA, JOSE, MICHAEL
Los padres de Nora

Es una mañana soleada y tranquila. La luz entra por el ventanal que da al bonito jardín de Michael.

Él, junto a Sara y Raquel, está allí fuera desayunando cafés y tostadas sentado en las sillas del jardín y sintiendo en la piel la fresca brisa y el suave calor del sol, preguntándose cómo habrá afectado aquella caótica noche a sus familiares y conocidos.

Desde el interior de la casa, no se escucha nada de lo que están hablando. La niña, adormilada, se tambalea bajando escalón tras escalón a la vez que se frota los ojos con fuerza. Al llegar abajo, pisa accidentalmente una hoja de papel que alguien ha debido perder. Con pereza, la recoge y continúa caminando hacia donde ve que están los demás.

Michael, al percatarse del movimiento en el interior de la casa, enfoca la mirada a través del cristal, viendo así a la niña acercarse arrastrando los pies cual muerto viviente.

De un salto, Raquel abre la puerta para cederle el paso a la pequeña.

—Buenos días, Nora —le dice sonriente.

—Hola —contesta sin fuerzas y con los ojos medio cerrados antes de dejar aquella hoja de papel sobre la mesa.

—¿Qué es esto? —pregunta Michael acercándose a la nota para leerla, pero sin agarrarla.

Tony, Ivan y yo hemos salido a comprar comida. Volveremos lo antes posible.

SAM

—Genial… —contesta Sara con poco ánimo.

Raquel, al igual que el día anterior, sigue siendo la más atenta con la pequeña:

—¿Quieres desayunar?

—No tengo hambre —le responde ella.

—De acuerdo, está bien. Siéntate con nosotros si quieres.

Sin apenas dejarle tiempo para sentarse, Sara la asalta:

—Entonces, ¿qué pasó ayer? ¿Cómo llegaste aquí sola?

La niña continúa encogiendo los hombros y mirando al suelo ante las preguntas que le hacen sus nuevos cuidadores, quienes pueden percibir lo selectiva que es a la hora de hablar.

Sara, irritada, se da media vuelta y mira a Raquel con cara de no soportar ese comportamiento.

Raquel, tratando también de obtener alguna respuesta por parte de la niña, se agacha frente a ella y le habla de nuevo con ese tono fraternal:

—Queremos ayudarte, pero necesitamos que nos digas algo. Seguro que tus padres están preocupados buscándote.

—No lo creo —responde con una profunda tristeza tras levantar la mirada un segundo.

—Estoy segura de que sí —insiste.

—Mis padres ya no están —les explica agobiándose cada vez más, llenando los ojos de lágrimas que resbalan por su rostro y perdiendo la estabilidad en su dulce voz, ahora temblorosa—. Yo sabía que estaban en peligro, los avisé. Pero como soy pequeña y nadie me escucha... Y yo... yo sé quién los mató.

Sorprendidos ante esa cruda respuesta, todos ellos se quedan petrificados y sin saber qué decir. Mientras, siguen con la mirada los pasos de Nora, que se marcha hacia su habitación llorando.

—Eso no os lo esperabais, ¿eh? —Jose se burla de los rostros atónitos de sus amigos desde el centro del jardín, donde, tumbado sobre el césped, lo ha presenciado todo.

5

En el supermercado, la tormenta de anoche no ha amainado; reina el caos total. Está repleto de gente desesperada comprando a destajo, empujándose, gritándose, golpeándose y dejando las estanterías desiertas; lo mismo que ocurre en las jugueterías el día antes de Navidad.

Además, por si fuera poco, de la nada han aparecido un montón de policías en sus vehículos bloqueando las puertas y acordonando la zona en apenas unos segundos.

Tony, Sam e Ivan, que han entrado hace unos minutos para conseguir un mínimo de provisiones, se ven atrapados allí dentro junto a aquella muchedumbre de gente «normal» histérica.

—¡¿Qué cojones es todo esto?! —exclama sorprendido Sam al ver el panorama.

Varios agentes se colocan firmes frente a las cajas. Uno de ellos, el típico con sobrepeso e innata sonrisa siempre persistente sobre una frondosa perilla que le esconde levemente la papada, agarra el telefonillo de megafonía y recita con una voz gruesa y carrasposa de fumador:

—Hola. Les habla el agente de policía Tresgallo. Mantengan la calma y vayan pasando por las cajas. Allí encontrarán a dos de nuestros agentes, quienes, tras hacer las comprobaciones pertinentes, si todo es favorable, los dejarán volver a casa. Recuerden que estamos en una situación nunca antes vista y que deben ir con cuidado en todo momento. Aun así, hay que mantener la calma. No hace falta decirles que no hablen con desconocidos.

Durante aquel discurso, los chicos apresuran su ritmo por los pasillos para hacerse con toda la comida posible antes de que la policía los eche de allí.

—Está todo vacío —dice Tony andando deprisa por el lado izquierdo del pasillo.

Sam va por el lado derecho, y en el centro está Ivan empujando el carro.

Solamente llevan cuatro pasillos cuando Ivan empieza a sentir cómo todo lo que ve se ralentiza y distorsiona. Por eso, decide frenar su paso, deteniéndose al lado de una pareja que habla demasiado fuerte o, al menos, eso cree él al sentir cuánto lo abruman sus voces, que apenas logra entender.

«… nada, solo nos hacen perder el tiempo…».

«…los locos llevan un tatuaje en el brazo…».

«…son más raritos y peligrosos de lo que creemos…».

Ivan se da la vuelta percatándose de que toda la gente de su alrededor tiene la mirada puesta sobre él. El ensordecedor sonido del bullicio queda ahogado por su respiración descontrolada.

Dos figuras oscuras y deformes se acercan a él; ahora ya todas son así. Podría tratarse de Sam y Tony intentando comunicarse, pero él se encuentra dentro de una pecera; no entiende nada, tan solo siente un fuerte zarandeo.

Cada vez más mareado, fija la mirada en su antebrazo derecho, donde hay una mancha negra que no recuerda haber visto nunca. «¿Es un tatuaje?», se pregunta su voz interior. Todo está tan borroso para él... El mundo se balancea, la mancha se mueve, todo comienza a volverse negro, e Ivan cae finalmente desmayado al suelo.

6

RAQUEL, SARA, JOSE, MICHAEL
El secreto de Nora

«Toc-toc», se escucha tras la puerta de madera de la habitación de Nora antes del chirrido de sus bisagras moviéndose.

—Toc-toc —dice una dulce voz antes de cruzarla.

Nora, ignorándola, permanece apoyada en la ventana mirando en el exterior cómo un gato callejero lucha a zarpazos contra otros tres por un trozo de *pizza* podrido que sobresale del cubo de basura volcado de la acera de enfrente.

—Solo quería ver cómo estabas... —vuelve a manifestarse la voz antes de abrir la puerta del todo.

La niña mira de reojo frunciendo el ceño; es Raquel.

—También quería pedirte perdón. No sabía que tus padres... Si necesitas hablar, aquí tienes una amiga.

Raquel espera unos segundos allí de pie; pero, al no obtener respuesta, entristecida, se da media vuelta para irse.

—Fue la muñeca —responde Nora con lágrimas en los ojos antes de que Raquel cruzara la puerta de nuevo para marcharse —. Ella mató a mis padres.

Raquel mira un instante a la muñeca, que parece estar observándolas a ambas inmóvil, sentada sobre la almohada de la cama y apoyándose en el cabezal.

—Si es así, ¿por qué sigues llevándola contigo?

—Es mágica. He intentado abandonarla muchas veces, pero siempre regresa a mi lado.

Raquel, con poderío, agarra la muñeca y, sin pensárselo dos veces, la lanza por la ventana ahuyentando así a aquellos ruidosos gatos que se esfuman espantados de unos saltos.

Nora, sorprendida, comienza a reír muy fuerte. Raquel la acompaña.

Por otro lado, en el salón de aquella misma casa, Sara y Michael están embobados sentados ante el televisor. Jose también está allí tumbado en uno de los sillones, pero no le presta la misma atención que los demás. Aun así, suelta algún comentario de vez en cuando.

—Tío, ¿puedes quitar esta mierda?

—No, tío, lo estamos viendo —responde Michael tajante.

—¿No estás harto de tanto drama?

—¿Pero tú has visto cuántos muertos hay en una sola noche? —alega Michael—. Da gracias de que estás aquí a salvo.

Aquello por lo que discuten es un reportaje de imágenes que muestra una comparativa de la ciudad actual con la de tan solo una semana atrás. Una ciudad pálida, tranquila y neutral pintada de rojo sangre, fuego y polvo de ladrillo.

Las imágenes no dejan de cambiar, cada una más aterradora que la anterior.

De golpe, la pantalla del televisor se queda en negro y, lentamente, deslizándose desde abajo cual créditos finales, aparece el texto:

«MANTENTE A SALVO, LO PEOR ESTÁ POR LLEGAR».

Y permanece así unos segundos.

—Uf... Por dios, ¡qué exagerado! —protesta Jose mientras, inquieto, da golpecitos con el pie en el suelo—. Necesito tranquilidad.

—Pues vete al jardín, joder —le grita Sara rápidamente, cortándolo.

—Drama en la calle y drama en la casa. Es ridículo —continua Jose, esta vez en forma de murmuro para sí mismo, antes de sentarse como una persona normal y comenzar a liarse un porro. Su lado de la mesita se está llenando de tabaco y marihuana.

—Tío, eres un cerdo. Cuando acabes, vas a limpiar tú toda esta mierda —se queja Michael.

En esta ocasión, Jose se mantiene callado, aunque sonríe aguantándose la risa.

El reportero, al otro lado del televisor, comunica:

—Agradecemos a Gemma Aguilar este triste, crudo e impresionante reportaje de las calles de nuestra apreciada ciudad que nos deja la incertidumbre de si realmente esto puede empeorar. Ella asegura que sí. Yo, personalmente, prefiero ser optimista y confiar en que las autoridades resuelvan pronto la situación. Sea como sea, estaremos al tanto de cómo avanzan los acontecimientos...

—¡Hey, Raquel! ¿Cómo está la niña? —pregunta Sara al escuchar sus pisadas detrás de ellos.

—Bien, ya está más tranquila.

—¿Y no te ha dicho de dónde ha salido o cómo ha llegado hasta aquí?

—No, solo me ha dicho... —Raquel, pensativa, detiene su lengua antes de continuar hablando, pues no sabe cómo decirlo sin que parezca una locura—. Nada, cosas de niños.

—¿Cosas de niños? ¿Cómo qué? —pregunta Michael presionándola para que hable.

—Dice que su muñeca fue quien mató a sus padres.

Sara, Michael y Jose se miran en silencio.

—¿Qué? —pregunta Raquel a la defensiva.

—Os lo dije —expone Michael—. Dije que podría haber salido de Maddom.

Raquel lo niega tajantemente con la cabeza.

—Tú misma dijiste que había un montón de gente encerrada allí.

—Pero es tan solo una niña —responde ella mientras continúa negándolo con la cabeza.

—Una niña que asegura que su muñeca ha matado a sus padres —recalca Sara.

—Todos hemos tenido amigos imaginarios de pequeños —afirma siendo la única que la defiende.

—Yo no —asegura Jose.

—No, es verdad, tú los tienes ahora —le contesta Sara haciendo un gesto como si estuviera fumando, burlándose de él.

—Yo tampoco me imaginaba a nadie matando a gente —continúa Michael—, y mucho menos a mis padres.

—¿No jugabas con soldaditos? —pregunta Jose en su tono burlón habitual.

—No.

—¿En serio le tenéis miedo a una niña de diez años? —pregunta Raquel indignada.

—No, pero no quiero que una loca esté en mi casa mientras duermo.

—Siempre te quedará Sara —sigue Jose.

—Uf…, ¡qué imbécil es! —dice ella sin poder evitar reírse.

—¡Basta! —grita Raquel con un creciente enfado—. ¿Y qué quieres hacer? ¿Quieres dejarla en la calle para que muera de hambre o la maten los locos de verdad?

—No lo sé —responde serio y pensativo Michael.

—¡Que no está loca, joder!

—¿Y si lo está, Raquel?

—¡Que no lo está! —grita indignada apretando los dientes con fuerza—. Puto egoísta paranoico de mierda…

—¿Qué hablas, Raquel? Te recuerdo que estás en mi puta casa; si tienes algún problema, te puedes ir a vivir con tu nueva amiga a su castillo imaginario.

—Vete a la mierda, tío.

Al darse la vuelta, Raquel se percata de que Nora está huyendo escaleras arriba de nuevo, e intuye al momento que la pequeña ha escuchado toda aquella discusión por completo.

—Joder… —se queja murmurando antes de ir tras ella.

7

SAM, TONY, IVAN
Figura

Ivan, todavía tumbado en el suelo, parece estar despertando. Sus ojos le muestran una potente y borrosa luz que, poco a poco, se va volviendo más nítida; son los fluorescentes del supermercado. Al recordar lo ocurrido, rápidamente, desvía su mirada hacia el antebrazo, donde antes vio aquella mancha negra moverse. Su brazo ahora está envuelto en una gasa.

Tony y Sam están agachados a su lado y, a sus espaldas, el agente Tresgallo trata de apartar a la gente que curiosea.

—¿Qué ha pasado? —pregunta Ivan todavía mareado.

—Te ha picado una araña —le contesta Tony.

—¿Cómo?

—Suerte que Tony es un explorador de calidad —irrumpe Sam.

Tony se echa a reír:

—He sabido qué hacer porque a mí me ha picado de todo.

—¿Cómo te encuentras? —le pregunta Sam a Ivan después de reírse con el comentario de Tony.

—Bien, un poco aturdido, pero bien.

El grito de una mujer rompe aquel momento de tranquilidad y, acto seguido, más chillidos en cada uno de los pasillos del supermercado.

—¡Eh! ¿Qué ocurre ahí? —grita firmemente Tresgallo con su gruesa voz ronca.

Nadie le contesta. Los gritos siguen en aumento, y aquella brillante luz que emiten los fluorescentes de todo el establecimiento comienza a parpadear.

Tresgallo agarra su *walkie-talkie*:

—Aquí Tresgallo. Solicito reconocimiento. Algo está pasando en los otros pasillos. ¿Alguien puede comprobarlo? Cambio.

Un zumbido suena en respuesta:

—Recibido. Aquí Pino. García y yo vamos a ver. Corto.

—Algo no va bien —advierte Sam a sus amigos en voz baja.

Los dos agentes que contestaron a la alerta de Tresgallo, Pino y García, caminan por los diferentes pasillos sujetando con fuerza sus armas y sus linternas, pues la luz no deja de parpadear, y así es difícil ver algo.

Por suerte para ellos, aquellas personas histéricas ahora aguardan apretujadas en los extremos de los pasillos más próximos a las cajas. Están asustadas, y más de uno se ha desmayado ya en las filas.

Pasillo tras pasillo, solo encuentran arañas; montones de arañas correteando por todas partes.

—¿De dónde sale tanto bicho? —pregunta uno de ellos.

—No lo sé..., no consigo ver nada. Vamos a seguir el rastro.

Los agentes se detienen en mitad del pasillo número siete tras escuchar murmullos: una susurrante voz de mujer que cada vez resuena más y más fuerte.

Cual calma antes de la tormenta, los destellos de los fluorescentes se detienen dejando verla tras aquella susurrante voz arrodillada en el suelo y con una larguísima melena negra que le cubre casi todo el cuerpo.

Observa de reojo a toda aquella muchedumbre paralizada que la contempla, aunque no la miran solo a ella, sino también a las miles y miles de arañas que recorren cada uno de los pasillos y que parecen salir de su falda negra y larga.

Ella, sin inmutarse, continúa murmurando algo ininteligible.

Desde el exterior, presencian cómo las luces del supermercado se apagan del todo, lo que vuelve a prender la histeria en la gente; esta vez mucho más intensa, ya que un pequeño porcentaje de aquello que tanto les aterraba antes está ahora encerrado junto a ellos en aquel supermercado.

La luz del exterior que atraviesa los ventanales es inútil, puesto que ni siquiera llega a iluminar la zona de las cajas.

Se escuchan gritos, la gente se empuja tras las puertas queriendo escapar; pero la policía, firme, continúa bloqueando las salidas. Al parecer, nadie les ha informado de lo que ocurre en el interior de la tienda.

A pesar de todo, Ivan sigue en el suelo junto a Sam y a Tony, a los pies del agente Tresgallo, quien marcha deprisa a intentar calmar a la muchedumbre.

—Deberíamos salir de aquí —advierte Sam mientras se levanta y le tiende la mano a Ivan—. ¿Puedes levantarte?

—Sí, sí, gracias, ya estoy mejor.

—¡Mirad! Podríamos salir por allí sin que nos vea nadie —sugiere Tony—. Detrás de esas cortinas está el almacén.

—Está bien, pero no corráis, que me duele la cabeza —se queja Ivan.

—Tranquilo. Guardaos toda la comida que podáis —añade Sam al comenzar a llenarse la mochila con los alimentos que llevaban en el carro.

Cuando Tony ve que ya no pueden cargar más, que tanto su equipaje como el de sus compañeros está completo, se deja la mitad del carro lleno y comienza a caminar:

—Vale, seguidme.

Los chicos avanzan cuidadosamente pegados a los estantes, aprovechando el sonido de los crujidos y el interminable zumbido de las arañas correteando.

De forma paralela, los agentes García y Pino se dirigen hacia donde vieron a aquella extraña mujer antes de que la luz se apagara por completo.

De nuevo, se escuchan murmullos. Se aproximan a ellos.

—¡Alto! —ordena Tony en tono bajo y levantando la mano.

Los chicos se detienen al final de su pasillo, pues saben que detrás de aquella estantería aguarda la mujer de las arañas.

Los agentes también se quedan donde su pasillo acaba, topándose de frente con la extraña mujer, que permanece arrodillada y rodeada de octópodos negros y rojos más grandes (y seguramente más peligrosos) de lo normal.

Tony, Sam e Ivan, sin inmutarse, miran medio escondidos aquel tenso momento con la misma sensación que experimentaría cualquier persona al estar frente a una bomba que marca sus últimos segundos antes de explotar, sabiendo que ya no hay tiempo para escapar ni sitio a dónde ir, rezando para que falle y no explote o, por lo menos, para que las sábanas de tela que siempre te han ocultado y protegido ante la muerte lo hagan una vez más.

La mujer inclina la cabeza para mirar a los agentes, dejando ver así su rostro; es hermosa. Pero mientras les lanza una sonrisa seductora y sombría, las arañas trepan por su cuello entrándole en la boca y en los ojos; algo que parece no sentir o no importarle.

El agente García la apunta con su arma y su linterna.

—Póngase en pie —ordena asqueado.

El agente Pino hace lo mismo, pero desde un poco más lejos. Tiembla de los nervios.

La mujer obedece y se levanta. Pino suelta un suspiro medio aliviado. Pero, de golpe y de forma totalmente inesperada para los agentes, la mujer se engancha de un brinco al cuello de García. Su compañero se sobresalta, perdiendo al objetivo por un instante.

Tony y los demás solo pueden ver el movimiento de la linterna de Pino y unas fugaces imágenes de lo que sucede: la mujer pegada al cuello de García y mucha, muchísima sangre, chorreando y empapándolo todo.

Aquella bestia manchada de sangre les lanza una mirada; y ellos, rápidamente, vuelven a esconderse tras la estantería.

Cuando Pino enfoca de nuevo, su compañero está tumbado sobre un gran charco de sangre y, sobre él, aquella mujer híbrida de cuatro brazos y cuatro piernas, con seis ojos profundamente negros y una enorme boca por la que babea sangre.

Pino, aterrado, cierra los ojos y aprieta todas las veces que puede el gatillo, vaciando el cargador de su arma sobre ella.

Tras escuchar los disparos, los policías del exterior rompen filas y entran corriendo apartando a la gente, que aprovecha la situación para largarse de allí.

A las espaldas de Pino, van llegando policías con sus armas y sus luces en las manos, pero él está petrificado mirando aquel sangriento escenario; a su compañero y amigo muerto bajo aquella mujer aparentemente normal cosida a balazos, y ni rastro de las miles de arañas que mencionaban.

En los rostros de Ivan y Tony se refleja el mismo terror que en el de Pino. En cambio, los ojos de Sam transmiten una estremecedora tranquilidad mientras miran fijamente a los cadáveres. Su mente recita lo que, en ese momento, no puede escribir:

«Ahora empiezo a entender lo que hay que hacer cuando uno se ve envuelto en una pesadilla. Vagar en ella con escepticismo te convierte en una presa fácil. Dejar que el miedo invasor paralice tu cuerpo tembloroso mientras, escondido, esperas tu final, también. Y tener la osadía de

plantarle cara es tan insensato como saltar de un puente con la cuerda atada al cuello. Eso me lleva pensar que la única salida posible es fundir tu ser con aquello que más te aterra, convirtiéndote así en un monstruo peor que el que te atormenta».

—Estaba... lleno de arañas..., y la mujer... la mujer no era normal..., era una de ellas —informa el agente Pino traumatizado e inmóvil, autoconvenciéndose de lo ocurrido.

Mientras, sus compañeros tratan de llevárselo del escenario del crimen.

—Vamos, chicos, ahora es el momento —susurra Tony antes de desaparecer tras las cortinas de plástico del almacén seguido por Sam e Ivan.

$$8$$

Michael, Sara y Jose continúan exactamente igual: sentados frente al televisor como si nada hubiese pasado. Sin embargo, ahora se encuentran felices y despreocupados dentro de una nube de humo que ellos mismos formaron fumando aquellos porros que Jose lio.

Con los ojos rojos, medio cerrados y con una tranquilidad interior aplastante, este último gira la cabeza dirigiendo su mirada hacia el sillón, que hasta el momento todos creían vacío.

—Tíos —dice completamente fumado frunciendo el ceño para intentar aclararse la vista—, tíos.

A la vez, Michael y Sara lo miran atendiendo a su llamada. Jose permanece alucinado, no aparta la mirada del butacón que tiene enfrente.

Enseguida, sus dos compañeros giran la cabeza hacia la otra dirección para ver qué es aquello que tanto impacta a Jose.

De la nada, había aparecido la muñeca de la niña. Estaba perfectamente sentada en el sillón, como si fuera una más. Sin embargo, eso no era lo más inquietante, sino que, al momento, tal vez por la circulación del humo de la sala, el trío se percata de que mueve sus aterradores ojos de plástico gastado devolviéndoles la mirada.

En el ambiente, junto al olor a marihuana, flota ahora una sensación demoníaca. La misma que se siente al entrar, cuando la noche ya ha caído, en una iglesia vacía y descuidada llena de telarañas y polvo en la que es posible percibir los ojos penetrantes de los santos y ese intenso olor a incienso esparcido por el aire en la última ceremonia. Un ambiente que no deja escapar a ninguno de ellos, inmovilizándolos con un estremecedor abrazo, poniéndoles los pelos de punta mientras, poco a poco, se va fundiendo con el mareo que domina su mente, tanto por las sustancias inhaladas como por el cansancio acumulado de sus ya dos días de caos.

Cuando consiguen ponerse en pie, vagan tensos entre la neblina rumbo al piso superior y seguidos por la mirada imperturbable de la espeluznante muñeca.

9

D. A. P.

El hombre trajeado camina rodeado de sus soldados por los destrozados pasillos de un Maddom desértico tratando de esquivar los restos de los guardias, médicos y presos que yacen en el suelo. Sabiendo perfectamente a dónde se dirigen, avanzan firmes hacia su destino sin darle importancia a nada de lo que hay a su alrededor. Entran en una de las celdas de aislamiento que permaneció siempre vacía desde su inauguración, aunque siempre había estado custodiada por guardias.

—Comprobad que no quede nadie en el centro —ordena el hombre sin darse la vuelta antes de cruzar una puerta secreta bajo la cama de aquella celda y empezar a descender por unas largas escaleras ancladas a una roca rumbo a una inmensa planta subterránea.

Allí abajo se encuentra con un equipo de más de treinta informáticos trabajando frente a sus monitores. El hombre los observa orgulloso. Mientras, una mujer hermosa y joven de melena dorada y rizada recogida por una coleta, con unas gafas bastante grandes de color rojo y tan trajeada como él, se le acerca de frente.

—Bienvenido, señor, ha llegado justo a tiempo —lo recibe sonriente.

—Hola... —la saluda esperando a que la mujer se presente.

— ¡Uy! Disculpa, soy Rebeca.

—Encantado, Rebeca, yo soy Joseph.

—Lo sé, señor —sonríe tímida cual adolescente cautivada por sus encantos.

—¿Qué tienes para mí?

—Pues verá, la zona uno está ya acabada y en activo, así como el campo, y en tiempo récord. Hemos sufrido algunas bajas que por ahora no hemos podido archivar, tanto de oficiales como de presos y, lamentablemente, también de civiles.

—Bueno, era de esperar. ¿Tienes a alguien trabajando en los nuevos archivos?

—Por supuesto. Vamos recibiendo todos los datos policiales. De todos modos, por ahora creemos que el número de destrozos y de muertes es menor del que nuestras simulaciones calcularon.

—Bien, eso es una buena noticia. ¿Y cuantos presos hemos recuperado?

—Tenemos a setenta ya en sus nuevas celdas.

—¡Genial! —aplaude Joseph—. Pero no os durmáis, todavía falta mucho por hacer.

10

SAM, TONY, IVAN
Ánima

La luna ya asoma tras los árboles de aquel bosque que rodea la ciudad. A pesar de ser la segunda noche, por el momento parece más calmada que la anterior.

Tony, Sam e Ivan, después de salir a toda prisa del supermercado y encontrarse con todas las calles bloqueadas por unos gigantescos muros de cristal, avanzan en la única dirección posible: la contraria a la casa de Michael, el norte de la ciudad.

—¿Por qué no volvemos al supermercado? —pregunta Ivan ya cansado.

—Porque estará cerrado —responde Tony con el mismo ánimo— y, además, ha habido muertos, así es que no creo que abran mañana.

Ivan, tras un breve silencio y un suspiro, vuelve a quejarse:

—Es que no entiendo por qué hemos salido por el almacén cuando toda la gente estaba saliendo por las puertas.

—Ninguno de nosotros se imaginaba que entraríamos en un puto laberinto —vuelve a responderle Tony a la defensiva—. Lo normal es que se pueda caminar por todas las calles.

—¿Todavía no te has dado cuenta de que en esta ciudad nada es normal? ¿Acaso no has visto al monstruo del supermercado?

—¿Y eso que tiene que ver con las calles?

—¡Hey, tranquilos! —Sam interrumpe aquella tonta discusión—. Llevamos mucho rato caminando, sería una tontería volver; si seguimos por aquí, alguna salida encontraremos.

—Pero si estamos yendo en círculos —opina Ivan.

—De eso nada, estamos yendo al norte en zigzag —responde Tony una vez más.

—Yo pararía unos minutos a descansar —expone Sam.

Los demás están con él, un descanso les iría bien para despejarse. Pero el ambiente de aquella calle les da escalofríos, pues no es como el resto de la ciudad. Allí no hay ni destrozos ni gente asustada; de hecho, ni siquiera hay una persona a la vista. Toda esa tranquilidad y perfección es lo que realmente incomoda. Aun así, deciden sentarse en el porche de una casa cualquiera para tomarse ese necesario descanso.

—Oye —llama Ivan a Tony—, llevamos un par de días bastante moviditos, corriendo juntos de un lado al otro, esquivando a la muerte, y no hemos tenido tiempo de detenernos para hablar. Supongo que es algo extraño viajar al lado de gente que no conoces.

Tony contesta tras soltar una carcajada:

—Yo estoy acostumbrado a viajar con desconocidos. Los excursionistas siempre intentamos ir en grupo y ayudarnos cuando nos encontramos con contratiempos en el camino. Y, créeme, siempre hay algo. Cuando te cruzas con otro viajero, lo único que tienes que hacer es informarlo de a dónde te diriges y, si coincide, camináis juntos hacia ese destino en común. Al fin y al cabo, es lo único que importa. No sé, tampoco me gusta mucho preguntar sobre las vidas personales de los demás, no creo que sea asunto mío.

—Estoy seguro de que nunca te habías topado con un contratiempo como este.

—Eso no hace falta que lo digas —contesta riendo.

—¿Y no encontraste a nadie con quien ir al desierto?

—Os encontré a vosotros. A veces, los compañeros de viaje no te acompañan hasta el final.

—Ya ves. A mí me chiflan las historias antiguas, el misterio y todo eso.

—Pues si te soy sincero, no es la primera vez que veo monstruos. Hace un tiempo estuve investigando una pequeña parte del gran bosque, y eso está lleno de seres tan monstruosos como la mujer del supermercado.

—¡Hostia! ¿Y qué hiciste? —se sorprende.

—Nada. Observar y documentar: ese es mi trabajo.

—¿Y no se dieron cuenta de que los observabas?

—Más de una vez no me ha quedado otra que huir y esconderme; pero, bueno, he tenido suerte. Si me hubiesen atrapado, no estaría aquí, te lo aseguro.

Ivan, emocionado por las aventuras de Tony, gira la cabeza para mirar el rostro de Sam, quien, impasible e ido, apenas ha pronunciado palabra alguna desde los acontecimientos del supermercado.

—¿Estás bien?

—Sí, solo un poco cansado —dice serio, con la cabeza en otra parte y la mirada fija en el horizonte.

—A Sam también le gustan las historias de monstruos, pero puede que no esté de humor hoy —le aclara en voz baja a Tony para que Sam no lo oiga.

—No es que no esté de humor, es que no es necesario rebuscar en el bosque —dice Sam en respuesta mirándolos de reojo—. No es necesaria ni la oscuridad ni la niebla ni nada; a veces, los monstruos son tan humanos como nosotros.

—Eso es verdad —añade Ivan mientras sus ojos se humedecen tras soportar unos segundos en silencio los recuerdos que le vienen a la cabeza de su tormentoso pasado. Y así comienza a explicarle a Tony—: Tengo una hija, ¿sabes? Vivía en una bonita casa con mi esposa y mi niña, y tenía un buen empleo: era profesor de Historia en la misma escuela a la que llevaba a mi hija. Un día, vi cómo un grupo de tres niñas se burlaban de ella; serían cosas de niños, pero presencié cómo la empujaban y le gritaban, y ella lloraba. Yo fui en su rescate y, sin pensarlo un instante, aparté a esas niñas de un empujón haciéndolas caer al suelo. Ese mismo día, todavía furioso con ellas, les puse como castigo que atendieran a todas las clases de pie, sin poder sentarse; fueron tres o cuatro horas. Tampoco lo vi para tanto, un castigo como cualquier otro. A partir de ese día, los padres de esas tres niñas comenzaron a correr la voz de que yo maltrataba a mis alumnos. Más tarde, de que abusaba de ellos. Y así la montaña de rumores fue creciendo hasta hacerme perder el trabajo y, con él, mi dinero. Al poco tiempo, perdí mi casa. Y mi mujer, entre una cosa y la otra, acabó desconfiando de mí y se largó con mi hija. Pasé una racha en lo más bajo, de verdad, es un milagro que siga con vida. Meses más tarde, conseguí un trabajo en el gimnasio, donde ganaba lo suficiente para pagarme un piso ruinoso. Allí fue donde conocí a Sam y a los demás. Nos hicimos amigos y empezamos a salir juntos. Todo parecía ir cuesta arriba, lentamente, pero cuesta arriba. Después ya apareciste tú. En resumen, Sam tiene razón. Te juro que las heridas que me hicieron esos monstruos nunca dejaron ni dejarán de sangrar, las siento cada día desde que ocurrió.

—Y esa es la historia de un grano de arena en un desierto —concluye Sam haciendo reinar de nuevo el silencio.

Los chicos pasan varios minutos sentados en aquel porche. Tony e Ivan están comiéndose un sándwich que previamente se han preparado con la comida que transportan en sus mochilas. Sam continúa pensativo, en las nubes.

Entonces, al fin, por primera vez desde que están allí, logran ver a alguien. El propietario de aquel porche está dentro de la casa, frente a la ventana, rígido, tan inmóvil como una estatua; parece furioso, quizás por tener a tres desconocidos sentados en su propiedad.

Con las miradas cruzadas, los chicos ven cómo la cabeza de aquel hombre comienza a temblar con tanta tensión y fuerza que, de entre sus apretados dientes, comienza a manar sangre.

De pronto, abre aquella sangrienta boca para gritar con toda la cólera posible sin apartar sus diabólicos ojos azules de ellos, manteniendo el cuerpo completamente rígido e inmóvil todavía.
El grito de aquel hombre no se escucha en el exterior, pero sí se percibe su gran angustia.

Aunque esa extraña situación no fuera necesaria, les sirve como empujón para levantarse al momento y continuar su camino. Lo peor es que ahora deambularían con una sensación todavía más desagradable en el cuerpo.

11

Las calles del sur de la ciudad permanecen caóticas. Es cierto que se escuchan menos explosiones, disparos, golpes y gritos que ayer; pero, aun así, nunca cesan del todo.

Inesperadamente, uno de esos gritos agudos irrumpe en el interior de la casa de Michael. Él, sobresaltado, sale disparado de su habitación y corre hacia el baño, pues de allí es de donde le pareció que provenía.

Sara y Raquel aparecen también en el pasillo al mismo tiempo.

—¿Qué ocurre? —pregunta Michael exaltado.

—No lo sé —responde Raquel—, no hemos sido nosotras.

Sara abre la puerta del baño cuidadosamente. Está muy oscuro, completamente negro. Aun así, parece verse una figura extraña y sombría moviéndose en el suelo, pero ninguno distingue nada con claridad. Suena a viscosidad.

Ella mueve la mano velozmente propinándole un golpe al interruptor para encender la luz y, al instante, junto al destello, grita fuertemente espantada.

Las paredes, la ventana, el techo, la bañera…, todo está completamente rojo. Y, en mitad del suelo, tumbado y desnudo, también con todo el cuerpo teñido de rojo, Jose quejándose dolorido.

Raquel se adelanta para ayudarlo:

—¡Jose!

—Estoy bien, estoy bien —declara levantándose con la ayuda de Raquel—, solo me he resbalado.

Una vez en pie y sin ningún pudor, Jose contempla aquella obra de arte rojiza, al igual que lo hacen los demás, tan cuidadosamente pintada y sin un solo minúsculo hueco de otro color.

—¿Qué mierda es esto? —intenta saber sin obtener respuesta.

Momentos después, los cuatro se encuentran sentados en los sofás del salón. Michael, Raquel y Sara están en silencio y sin saber hacia dónde mirar, pues esperan a que Jose, envuelto en toallas, termine de limpiarse la pintura del cuerpo y les cuente qué ha ocurrido.

—Bueno, entonces… ¿Qué ha pasado? —interpela Michael rompiendo el hielo.

—Pues verás, yo estaba bañándome tranquilamente, y debí quedarme dormido. Cuando me desperté, la luz estaba apagada, así que me levanté para ir a encenderla; pero, al poner un pie fuera de la bañera, noté el suelo como aceitoso. Entonces, me resbalé y me lo comí.

—Y, entonces, gritaste como un gorrino —aporta Sara riéndose.

Jose también se ríe.

—¿Y cómo acabo todo pintado de rojo? —pregunta Raquel.

La sonrisa en la cara de Sara disminuye progresivamente al pensar la posible respuesta mientras fija los ojos en el suelo:

—La muñeca.

Raquel la mira extrañada y a la vez descolocada.

—¡Anda, calla! —la corta Michael.

—¿En serio? —dice Jose con cara de incredulidad—. Lo tendré en cuenta la próxima vez que quiera pintar mi casa.

—Vamos, tíos, que los tres la vimos —insiste ella tratando de convencerlos.

—Una muñeca no hace nada —asegura Michael.

Raquel, todavía perpleja por tal conversación, interviene de nuevo:

—¿Estáis hablando de la muñeca de Nora?

—Sí, claro —confirma Sara—. Apareció de la nada delante de nosotros, y los tres vimos cómo nos miraba. Pude sentir algo maligno en el aire…, en sus ojos.

—Íbamos fumados, Sara —rebate Michael.

—Te juro que lo vi con toda claridad.

Jose, con un aire misterioso, arranca a contar una historia que a él mismo le sucedió años atrás:

—¿Sabéis? Una vez me enrollé con Minnie Mouse...

Sara, enfadada, gira la cara bruscamente y suspira cansada de las burlas.

—En serio —continua Jose—, y el puto Mickey se pasó horas buscándome con toda su chusma cual capo de la mafia.

—¡No estoy de coña, imbécil! —grita Sara con toda su rabia mientras le lanza un cenicero que previamente había cogido de la mesita.

Jose, veloz, lo esquiva por los pelos.

—No, no, lo digo de verdad, me había metido setas.

Michael suelta una sutil carcajada.

—Esto tiene un motivo, ¿eh? —trata de explicarse—. A veces, las drogas pueden hacerte ver cosas que no están pasando.

—¿Podéis dejar de tratarme como a una loca? Gracias —dice Sara con los brazos cruzados.

—Loca no, paranoica —le contesta Michael—. Solo hay una explicación, y yo sé quién nos la dará.

Acto seguido, se levanta y camina firme hacia las escaleras.

—Voy a despertar a esa niña.

—¡Para, Michael! Ella no ha sido —reacciona rápidamente Raquel.

—¿Otra vez, Raquel? ¿Quieres dejar de defenderla? No la conoces. Si no lo ha hecho ninguno de nosotros, está claro quién ha sido. Como ha dicho Jose, si crees que una muñeca ha pintado una habitación de rojo, es que estás alucinando.

—Ella no puede haber sido —le rebate Raquel.

—Claro que sí.

—No, porque yo lancé su muñeca por la ventana.

—¡Y dale con la puta muñeca! —se queja harto.

—¿Qué? ¿Cuándo? —pregunta Sara todavía más sorprendida.

—No lo sé, cuando subí a verla, después de que nos contara lo de sus padres.

—Okey, está bien, no le voy a decir nada —interrumpe Michael en lo suyo, furioso—. Vosotras dos os encargaréis de limpiar el lavabo en su lugar, yo me piro a dormir. Que os den.

Nadie le responde.

—Es un capullo —murmura Sara tras esperar a que Michael desapareciera escaleras arriba.

—Bueno, pues vamos a limpiar —dice Jose—. Yo os ayudo, no voy a dejaros todo el marrón.

Ambas se lo agradecen cuando se marchan.

12

Sam, Tony, Ivan
Hueco

Calle tras calle, encrucijada tras encrucijada, Tony, Sam e Ivan continúan dando tumbos por aquel laberinto de cristal.

—¿Cuántas horas llevamos ya? —pregunta Ivan agotado—. Es que nos están llevando por donde quieren.

—¡Claro! —grita Sam en un momento de lucidez—. Esto es un laberinto para ratones.

Ivan y Tony lo miran extrañados.

—¿No lo veis? —continúa—. ¿Qué cojones hacían tantos policías en un supermercado? ¿Quién les aseguraba que encontrarían a algún loco allí? Era una trampa. Una ratonera.

Tony se sorprende y se tapa la boca con la palma de la mano.

—No me jodas...

—Creo que no lo entiendo —manifiesta Ivan.

—Estas calles son pasillos que unen el punto A con el punto B —trata de explicarle Sam—. Todos los que salgan del punto A llegarán tarde o temprano al supermercado, ergo la trampa.

—Todos excepto nosotros, que vamos en dirección contraria —añade Tony.

—Pero, entonces —expresa Ivan—, estamos yendo directos hacia el foso de las bestias.

—Cierto —confirma Tony.

—¡Mierda! Hay que salir de aquí —responde Sam mientras observa su desértico alrededor.

Los chicos enseguida comienzan a golpear las puertas de las casas de aquella calle pidiendo ayuda. Pero, como es lógico, nadie les atiende; tan solo reciben miradas de terror, de superioridad y de indiferencia desde las ventanas, detrás de las cortinas.

En una ciudad donde actualmente reina el caos, nadie se arriesgaría a tenderle la mano a tres desconocidos, puesto que tal vez algún peligroso demente siga sus pasos, o quizás ellos mismos lo sean.

Afortunadamente, mientras continúan insistiendo puerta tras puerta sin rendición, Tony se percata de una estrecha brecha entre dos casas. Tratando de aparentar normalidad para no levantar sospechas ante los vecinos que los observan, él mismo le susurra a sus compañeros:

—¡Hey! No os detengáis. Disimulad. Voy a entrar en esa casa de la derecha, la del número 32. Esperad mi señal.

Tony arranca a correr a toda velocidad sin esperar a que ninguno le responda.

—¿Por qué hay que disimular? —le pregunta Ivan, con el cuello tenso, a Sam.

—Bueno, vamos a colarnos en una casa, no querrás que los vecinos llamen a la policía...

Tony, cada vez más cerca de aquella brecha, la atraviesa sin problema, encontrándose entonces en la parte trasera de la casa de aquel número 32.

Todo parece despejado, tranquilo, no hay ningún peligro aparente ni ninguna mirada acechando y, casualmente, la puerta trasera de la casa no está cerrada con llave.

Tony, sin pensarlo, se precipita a entrar. En el interior solo hay silencio y sosiego.

Avanza cauteloso entre la negrura intentando hacer el mínimo ruido posible, por precaución, por si acaso los propietarios están descansando en el dormitorio. De puntillas, se aproxima a la puerta principal y agarra su redondeado pomo tratando de girarlo con fuerza. Pero no logra hacerlo. Está cerrada, y no hay ninguna llave cerca para abrirla.

Tras el fallido intento, se coloca frente a la ventana, de igual forma que el extraño hombre de aquel porche que dejaron atrás, y agita los brazos intentando llamar la atención de sus compañeros, quienes, al verlo, corren deprisa hacia la parte trasera de la casa, cruzando también por la brecha abierta en el muro de cristal.

—Shh… No hagáis ruido —les advierte Tony susurrando al verlos llegar.

Con sigilo, entran en aquella casa impoluta y observan toda su decoración, tan cuidada, tan perfecta, que parece parte del expositor de una tienda de muebles.

Tanteando, entran al dormitorio principal, que, por suerte, también está vacío y en perfecto estado, sin una sola arruga en la cama.

Todo esto y el hecho de no encontrarse con ninguna fotografía de sus propietarios, los convence de que han entrado en una casa desocupada y de que, por lo tanto, están solos. Pero, entonces, escuchan la cisterna del baño que hay a tan solo cinco metros de ellos y, rápidamente, corren a esconderse dentro del gran armario empotrado de aquella misma habitación.

Unos pasos lentos y pesados salen de aquel aseo aproximándose a su escondrijo.

—¿Qué hacemos ahora? —susurra Sam.

El suelo cruje cerca, lo que significa que aquellos pies están frente al armario.

Ivan abre las puertas de un golpe y sale con los brazos en alto recitando:

—Perdón, señor, no nos haga daño, pensábamos que no vivía nadie aquí. Lo siento, lo siento.

El propietario, un hombre mayor con el cabello grisáceo engominado y repeinado hacia el lado derecho, y tan fuertemente perfumado que costaba respirar a su lado, sobresaltado por el hecho de ver salir a alguien gritando del interior de su armario, cae sobre su perfecta cama apretándose con fuerza la camisa contra el pecho, como si estuviera teniendo un infarto.

—Lo siento, no pretendía asustarle.

—No pasa nada —dice el hombre, sofocado, intentando calmar su acelerada pulsación—. Solo necesito aire.

—¿Se encuentra bien?

—Sí, sí. Mi corazón ya no es el que era. ¿Puedes dejarme solo un momento?

—Por supuesto, lo esperamos en el comedor —responde Ivan mientras se aleja caminando marcha atrás y abandonando el dormitorio.

A sus espaldas, Sam y Tony salen también de su escondite para dirigirse al comedor.

El hombre, al verlos, abre todavía más sus redondeados y arrugados ojos azules con manchas grisáceas. Aguarda unos segundos más en pausa intentando calmar su agitado y anciano corazón. Después de ese breve descanso, se pone en pie y vaga hacia el comedor, de nuevo lento, para atender a sus jóvenes ocupantes.

—Mi nombre es Hans.

—El mío, Ivan.

—Sam —se presenta soltando una forzada sonrisa.

—Yo soy Tony —alza la mano saludando.

—Encantado. ¿Podéis decirme que hacéis en esta casa?

—Disculpa, pensábamos que no vivía nadie —se excusa Tony.

—¿Y qué hacían tres apuestos jovenzuelos deambulando por estas calles y a estas horas?

—Está todo cortado, solo seguíamos la carretera, y nos cogió la noche —responde Ivan.

—Lo sé, siempre estamos en obras por aquí.

—¿Vive solo? —pregunta Sam tras ignorar extrañado esa respuesta.

—No, he estado hospitalizado durante un tiempo, y mi hijo me ha acogido. Es policía, ¿sabéis? Trabaja mucho. Tal vez podáis conocerlo —puntualiza esto último con un descolocado tono alegre.

En ese momento, Ivan se percata del tatuaje que el hombre lleva en el antebrazo, medio cubierto por las mangas de su camisa.

—¿Tiene un tatuaje, Hans?

Hans lo mira muy serio antes de contestar sonriente, al mismo tiempo que se baja la manga:

—No, es solo una cicatriz.

—¿No sabe nada de lo ocurrido? ¿De Maddom? —le pregunta Tony.

—Solo sé que hay que tener cuidado de dónde se mete uno; hay mucho loco en esta ciudad.

De nuevo, Hans les da una extraña respuesta, dejando un ambiente verdaderamente incómodo.

—Ah, mi medicación —dice él mismo al escuchar el pitido de su reloj antes de retirarse.

Sam aprovecha la ausencia de Hans para susurrarle al resto:

—A este hombre le pasa algo, no me fío de él.

—Es mayor, y no está muy fino, pero parece un buen tipo —opina Ivan.

Un estruendo suena en el interior del baño donde Hans ha entrado.

El grupo aguarda en silencio mientras sus miradas se dirigen hacia allí.

Al momento, la puerta se abre, y Hans sale de detrás de ella sujetando un fusil. Sin dar opción a la huida, comienza a disparar a diestro y siniestro riendo fuertemente.

Ivan no podía estar más equivocado. Aterrado, salta para refugiarse del tiroteo tras el sofá, junto a Tony. Sam, en cambio, rueda por el suelo hasta quedarse detrás de la pared más cercana al mismo y a aquel anciano demente.

El hombre, perturbado, no levanta el dedo del gatillo, pese a estar destrozando completamente la casa de su hijo a balazos (si es que esa era realmente la casa de su hijo policía). Tampoco merma su alocada risotada.

La breve pero potente tormenta amaina cuando el cargador se queda vacío, y Hans baja el arma para contemplar aliviado y orgulloso su destrozo.

Sam aprovecha ese breve instante para saltar sobre él y descargar su ira ciegamente, a base de golpes en la cara, una y otra vez.

—¡Basta, Sam! —grita Tony.

Pero él, ensordecido por los recientes disparos, solo puede oír un permanente pitido; así que, sin inmutarse, sigue golpeándolo una y otra vez, pese a la gran cantidad de sangre que ya baña el rostro de Hans.

Ivan y Tony intervienen abalanzándose sobre Sam y logrando así detenerlo, aunque tarde, pues el cuerpo de Hans, destrozado, yace ya sin vida.

Sam, abrumado y con las manos temblorosas y llenas de la sangre de su víctima, grita y llora arrodillado en el suelo de aquel escenario devastado:

—¡No puedo con esta maldita pesadilla!

Tras unos segundos sin que ninguno de los tres soltara el aire de sus pulmones, Ivan y Tony se sientan en silencio al lado de su compañero, entre las ruinas de aquel comedor e impresionados por el incidente tan fulminante y brutal que acaban de presenciar.

Sam cierra los ojos con fuerza tratando de borrar ese atroz desliz de su mente, pero sabe perfectamente que los fantasmas no desaparecen así como así, pues siempre ha necesitado enjaularlos en esa libreta de papel que lleva consigo.

Creía encontrarme en un laberinto para ratones y, aunque así es, parece ser muy distinto al que imaginé, pues en esta ocasión se trata de la mismísima vida.

Los humanos, cual ratones, no dejamos de dar tumbos, de toparnos con muros, con caminos sin salida, de enfrentarnos unos a otros para intentar alcanzar un premio fugaz. Un premio que, cuando creemos haber conseguido, se disipa convirtiéndose en humo. Un premio que solo sirve para mantener nuestras ansias y nuestras ganas de seguir jugando; pero que, al rozar tu piel, te mutila más y más.

Sé que hay alguien mirando desde arriba y anotando nuestros pasos, nuestras victorias y nuestras derrotas. Apúntate esta.

Hoy, una vez más, me he perdido. Y mi castigo es el de siempre: un nuevo desgarro. Sin embargo, estoy tan acostumbrado a fallar que empiezo a no sentir el dolor, empiezo a no sentir nada.

SAM

13

Michael
Ruby: Dom, dom, dom

Michael lleva un rato rodando sobre su cama sin poder pegar ojo pensando qué es lo que debería hacer con su nueva y pequeña inquilina. Nunca ha querido tener hijos, nunca le han gustado; ni ellos ni los alborotos que causan, ni mucho menos la responsabilidad y la carga que llevan implícita. El renunciar a su vida para dedicarse completamente a ellos (o al menos veinte años de su tiempo) es algo que siempre le pareció estúpido. Su cabeza no deja de darle vueltas al asunto mientras escucha el ruido que emiten los estropajos en manos de sus compañeros rascando toda aquella pintura del baño. Aquel hipnótico sonido se funde con el silencio de la profunda noche, y todo el ambiente parece tranquilizarse cuando terminan de limpiar y se marchan a dormir; al menos por unos minutos, ya que cuando al fin parece estar medio dormido, escucha una profunda voz susurrándole al oído:

—Dom, dom, dom.

«Son las tuberías», piensa primero, pues el ruido es tan constante como lo serían gotas de agua escapando por una fina fuga y cayendo contra algo vacío y metálico.

—Dom, dom, dom.

Michael abre completamente los ojos, tensando también los músculos del cuello. Aguarda inmóvil a que el sonido cese; pero no es así, esa voz vuelve a sonar.

—Dom, dom, dom.

Ahora, después de comprobar que no es un sueño, pues él sabe que está bien despierto, enciende la lámpara de su mesita de noche e intenta tranquilizarse. El miedo le hace sudar.

—DOM —escucha nuevamente cómo aquella profunda voz se manifiesta a sus espaldas, esta vez mucho más cerca y, a la vez, mucho más consistente.

Michael, asustado, se levanta de un salto de su empapada cama y sale escopeteado de la habitación. Eso sí, mira a sus espaldas tres o cuatro veces antes de llegar al piso de abajo. Camina hacia la cocina todavía inquieto, se sirve un vaso de leche y lo lleva al salón, donde tras sentarse en el sofá y encender el televisor para ahogar sus malos pensamientos, se lo bebe lentamente.

Al parecer, ese remedio casero funciona, pues en apenas unos minutos, cautivada por un programa de subastas, su mente se queda en blanco de tal forma que olvida lo ocurrido y deja de prestarle atención a su alrededor; gran error.

Detrás de él, una espeluznante sombra con dos coletas se acerca.

Quizás debía haberle dado más importancia a la voz, puesto que tal vez no trataba de asustarlo, sino de advertirle. No obstante, ya es tarde para remordimientos.

La sombra, impasible, levanta un hacha aparentemente más grande que ella, y la mantiene en el aire unos segundos.

Michael sigue completamente embobado ante el televisor sin darse cuenta de nada. Suelta una carcajada al escuchar algún comentario absurdo y gracioso en la tele; y se inclina hacia delante para dejar sobre la mesita el vaso de leche vacío, en el cual se ve reflejado el ser oscuro que tiene a sus espaldas, pero que continúa sin ver. La sombra coge impulso con todo su cuerpo mientras él, con una sonrisa hipnótica, se acomoda de nuevo apoyando la espalda en el sofá y cruzando sus grandes brazos. El hacha cae asestándole un fulminante golpe seco que le parte la cabeza en dos, manchando todo lo que hay a su alrededor de trozos de sesos y muchísima sangre.

Ella, antes de fundirse con la oscuridad de la que proviene, contempla el permanente goteo de aquella impresionante brecha que separa unos cinco centímetros las dos mitades del rostro de Michael y que encharca tanto el sofá como el ya no tan reluciente suelo del salón.

14

Joseph, apoyado en una de las mesas de sus informáticos, contempla en un monitor los acontecimientos en casa de Hans. El tiroteo, el destrozo y, por supuesto, la descarga de cólera de Sam acabando con la vida de aquel demente anciano a base de puñetazos.

—No tienen ficha —le comunica el informático refiriéndose a Sam, Tony e Ivan.

—Notifícaselo a la policía, que ellos se encarguen del papeleo y de llevarlos al campo. Ah, y envía a los de mantenimiento a reparar la puta brecha por la que han entrado esos imbéciles —exige Joseph enfadado por lo ocurrido.

Él mismo aguarda pensativo unos momentos antes de darse la vuelta y caminar hacia Maximilian, uno de sus guardias personales más fieles, que espera próximo a las escaleras.

—Ve con ellos y averigua de dónde sacó el fusil ese vejestorio —le ordena al oído.

El guardia asiente con la cabeza e, inmediatamente, camina escaleras arriba para reunirse con el equipo de mantenimiento en una de aquellas furgonetas negras.

Durante el recorrido y a través de la ventanilla, Maximilian puede ver el resultado de una ciudad en guerra: el humo, la destrucción…, la nada. Al menos en la parte oeste de la ciudad, pues allí es donde más fuerte está golpeando la revuelta.

Al llegar a la Plaza Bayer, todo se ve distinto. Parece de otro lugar; tan limpia, tan vacía… Una tierra ya conquistada, a la que llaman «la zona uno», que va en diagonal desde aquella plaza hasta el supermercado y que tiene entre sus muchas casas la de Hans.

La furgoneta se detiene frente al número 31, justo en la acera de delante de su destino. Sin embargo, nadie sale de ella por el momento; tan solo observan y esperan a que llegue el camión con los recambios necesarios para reparar la brecha del muro de cristal por donde los jóvenes entraron a la casa.

Desde allí sentados, ven cómo varios agentes de policía salen por la puerta con Sam esposado, que camina con la cabeza baja y sin oponer resistencia alguna, consciente de su acto (pero no del contexto) y dispuesto a recibir su condena.

Por otro lado, de Ivan y de Tony no hay rastro ni en la calle ni dentro de la vivienda.

Tras llegar el camión y comprobar que no queda nadie en el horizonte, todos los hombres de mantenimiento se bajan de la furgoneta de un salto y, rápidamente, se separan para comenzar a trabajar en la reparación tanto de la brecha como del interior de la casa.

Maximilian, paseando lentamente por todo el escenario del crimen, mira la cara destrozada de Hans sin darle mucha importancia. Después, se fija en el policía muerto que hay en el baño. Se planta frente a él, coge el teléfono del bolsillo del cadáver y llama a Joseph:

—Señor, el fusil que utilizó el viejo era de un policía. Puede que él mismo lo matara, o quizá se lo encontrara ya muerto, no lo sé; pero estoy seguro de que el fusil era suyo.

—Bien.

—Respecto al muro, fue un error de nuestros trabajadores. Nadie burló la seguridad, simplemente se lo encontraron abierto.

—Vaya —responde Joseph pensativo—, tendré que tomar las medidas pertinentes. Gracias, Maximilian, siempre se puede confiar en ti.

—De nada, señor.

Rebeca, tan guapa como siempre, luciendo su bata blanca y con una carpeta en la mano, camina por las instalaciones subterráneas de D. A. P. hacia el despacho de Joseph, que se encuentra situado detrás de una de las muchas puertas que hay cerca de la escalera, justo a la derecha de donde trabajan los informáticos.

—¡Adelante! —pronuncia con fuerza Joseph al colgar el teléfono y escuchar el taconeo de unos zapatos acercándose a la puerta.

—Solo quería dejarle los informes de los primeros días —dice ella más seria de lo habitual al entrar y dejar la carpeta sobre la mesa.

Joseph la agarra enérgicamente y empieza a ojear su contenido:

—Bien, bien, bien, todo parece favorable.

—¿Puedo preguntarle algo, señor? —dice repentinamente.

—Por supuesto, pero llámame «Joseph».

—Sí…, Joseph. Han llegado unas cajas que contienen algo parecido a ojivas nucleares…

—¡Ah, genial! —la interrumpe contento, impulsando su silla hacia atrás y levantándose—. Venga, vayamos a verlas.

—Si no le importa… —lo interrumpe ella, esta vez todavía seria y sin mover un pie.

—¿Querías saber para qué son? —pregunta él, avispado.

Rebeca afirma, haciendo que Joseph arranque a reír.

—No te preocupes, no son destructivas. Contienen una toxina que duerme a quien la inhala. Es un as en la manga por si la cosa se tuerce —concluye guiñándole un ojo e invitándola a salir del despacho junto a él, poniéndole un brazo en la espalda y acompañándola.

15

RAQUEL, SARA, JOSE
Ruby está aquí

Al cruzar los primeros rayos de un sol débil y lejano por las ventanas de las habitaciones de la casa de Michael, donde todo permanece tranquilo desde anoche y donde el propietario, bañado en sangre, continúa sentado en el sofá con el hacha clavada en medio de la frente, Sara, Jose y Raquel comienzan a despertar.

Nora camina ya por el pasillo del piso superior hasta la habitación de Raquel, donde una vez dentro cierra la puerta y se queda triste frente a ella mirando fijamente cómo su amiga despierta mareada y completamente atada sobre la cama.

—Buenos días, Raquel.

—¿Nora? ¿Qué es esto? Desátame... —le pide sin fuerzas mientras hace un inútil esfuerzo por liberarse.

—No puedo.

—¿Qué? ¿Cómo que no puedes? ¡Desátame ahora mismo!

—Esto lo hago por nosotras —responde la niña sin mover un solo dedo—. Te quiero, y no voy a permitir que te hagan daño.

—Nadie quiere hacerme daño, Nora.

—Sí —asegura sin dar ninguna explicación.

Nora coge a Raquel por la cuerda que rodea su cuerpo y tira de ella fuertemente, haciéndola caer de la cama.

Raquel grita con todas sus fuerzas:

—¡Ayuda!

—¡No, calla! —le ordena mientras le tapa la boca con una camiseta—. Tonta, despertarás a Ruby.

«¿Quién cojones es Ruby?», piensa ella.

Nora, apresurándose, da un último estirón para dejar a Raquel supuestamente a salvo en el interior del armario y, posteriormente, corre a esconderse detrás de la puerta de la habitación; allí aguarda agachada.

Quien entra por la puerta y examina de lado a lado la habitación es Sara.

—¿Qué pasa ahora? —le pregunta Jose acercándose desde el otro extremo del pasillo.

—No lo sé, aquí no hay nadie.

—Michael tampoco está en su habitación, se habrán despertado antes.

—Sí…, puede ser. Es que me ha parecido escuchar un grito.

—Estarán en la cocina, vamos a ver.

A pesar de mirar la hora y ver que todavía es pronto, deciden bajar para comprobar si todo va bien.

—No me jodas… —dice Jose impactado en medio de las escaleras tapándose la boca con la mano, pues desde allí mismo se ha percatado del estropicio del salón: el sofá pintado de rojo, el suelo encharcado de sangre y Michael con un hacha clavada justo en medio de la cabeza.

Cuando Sara logra ver lo ocurrido, tan solo puede gritar y llorar del pánico que siente en ese momento.

En la puerta de la casa, también pintadas con sangre, hay unas letras escritas que Jose lee rápidamente al llegar a la planta de abajo:

«CORRED, RUBY ESTÁ AQUÍ.

R.»

En ese momento, tira fuerte del brazo de Sara, que sigue llorando en el suelo, en medio de las escaleras.

—Vamos, Sara, tenemos que irnos de aquí.

—¿Y Raquel? ¿Dónde está?

—Se ha largado, ese mensaje es suyo. Vamos, levántate.

Ambos echan a correr despavoridos sin dudarlo un instante, dejando atrás aquella casa del terror, el cadáver de Michael y, sin saberlo, también a su amiga Raquel, quien intenta gritar para pedir ayuda; pero no consigue que la voz traspase la camiseta que le cubre la boca y, a la vez, mira por la rendija de la puerta del armario a aquella niña a la que tanto ha defendido esos últimos días, acercándose a ella.

La niña abre el armario y le quita la mordaza.

—¿Qué está pasando? ¡Desátame, joder!

—Hola, Raquel. Yo soy Ruby, encantada —se presenta sonriente.

A pesar de que aparentemente parece ser la misma niña de ayer, Raquel percibe que su voz es diferente, al igual que su forma de actuar y de moverse, pero lo peor de todo está en sus ojos, que ahora desprenden una profunda y escalofriante maldad.

—Por fin nos hemos quedado solas, y tenemos todo el tiempo del mundo para jugar. Será divertido.

16

—Ivan, ¿estás ahí? —pregunta Tony al aire tras escuchar unos quejidos.

Todo está oscuro para ambos.

—Sí, no puedo moverme.

—Yo tampoco. ¿Ves algo?

—No, tengo un saco en la cabeza.

—Yo igual. ¿Cómo hemos salido de la casa?

—No lo sé.

—Nosotros os hemos sacado de ahí —responde una gruesa voz de mujer con poderío.

Alguien, tal vez ella, les retira el saco que no les dejaba ver, mostrándoles el espacio oscuro y vacío en el que se encuentran.

Al parecer, no están solos: una mujer desconocida, bastante pequeña y delgada, se halla atada a una silla a su lado, como ellos.

«Esa no era su voz», piensa Tony al verla.

Entonces, de entre la negrura de la sala y con los sacos que cubrían sus cabezas en la mano, aparece otra mujer; una mucho más singular, imponente, grande y musculosa, con tatuajes en los brazos, con el cabello castaño, largo y espeso, y con la parte lateral de la cabeza rapada. Se planta frente a ellos y empieza a hablar de forma calmada pero dominante:

—Mi nombre es Beatrix Martin, y voy a someteros a un interrogatorio. Las normas son sencillas: debéis responder con plena sinceridad; si me mentís, no tendré ningún reparo en volaros la cabeza. ¿Está claro?

Beatrix camina tres pasos hasta quedarse delante de Tony.

—Esto, chico, es una caza de monstruos. Si no lo eres, no te pasará nada. Pero si lo eres, al acabar, celebraremos con gran entusiasmo tu funeral.

Uno de los secuaces de Beatrix, oculto en las sombras, sale con un cuchillo en la mano y corta las cuerdas que inmovilizan a Tony, a Ivan y a la otra mujer.

—Poneos en pie y quitaos la ropa. Podéis quedaros en ropa interior —puntualiza Beatrix tras percatarse de la mirada tímida que la mujer desconocida lanza a los chicos.

Beatrix los mira de arriba abajo.

—No llevamos ningún tatuaje. No somos de Maddom —dice Ivan.

—¿Acaso he pedido tu opinión, hijo de puta? —le grita enfadada apuntándole con el arma a la cabeza.

—Perdón, perdón —se disculpa asustado, con los ojos cerrados por miedo a que lo golpee o algo peor.

—Voy a contaros una historia —continúa Beatrix—. Mi madre falleció cuando yo era pequeña, mi padre fue quien me cuidó. Desde que eso ocurrió, mi padre depositó todo su amor y cariño en mí; yo era su princesita, la típica niña consentida.

Beatrix rápidamente pega un tiro al suelo, cerca de los pies de la mujer desconocida, al ver que trata de sentarse.

—¿Qué haces? No he dicho en ningún momento que puedas sentarte.

La mujer tiembla asustada y vuelve a separarse de la silla, poniéndose firme, pero torciendo levemente su cuerpo, que, vergonzosa, trata de cubrir con las manos.

—Veamos por dónde iba —camina pensativa—. Ah, sí. Mi padre se volvió un hijo de la gran puta. Yo, la princesita, nunca había salido con amigas. Solo lo hice una puta vez; pero, al parecer, al señor no le gustó. Y, así, de la noche a la mañana, pasó de ser mi ángel de la guarda a ser mi jodida mayor pesadilla; y yo, de ser una princesita, a ser una zorra.

Los chicos se miran sin saber qué decir.

—Lo que quiero decir con todo esto es que no os conozco de nada, y me suda los cojones lo que digáis. Haré las comprobaciones que yo quiera; y si tengo que volaros la cabeza a los tres, lo haré con mucho gusto.

Beatrix camina hasta quedarse frente a Tony.

—Veamos. ¿En qué región luchaste en la guerra?

—¿Qué? No había nacido.

—¿Y por qué llevas un colgante de soldado?

—Mi abuelo luchó en el desierto.

—¿Te gustaría ser soldado?

—No, soy explorador.

—¿Explorador? —dice sorprendida—. Entonces, te gusta explorar las ruinas que dejan esas guerras, ¿verdad?

Tony contesta tras unos segundos de reflexión:

—Solo para documentarlas, no me gusta ver a gente muerta.

—Buena respuesta. Pero cuando os capturé, a vuestros pies había un hombre asesinado a golpes.

—Nosotros no lo hicimos —interrumpe Ivan.

—¡A ti no te ha preguntado nadie! —le grita Beatrix furiosa.

—Es verdad, no lo hicimos —continúa Tony— y, además, fue en defensa propia. El señor comenzó a disparar como un loco, sin motivo alguno, y un amigo nuestro saltó sobre él.

—¿Sin motivo alguno? Yo también hubiera disparado si unos desconocidos hubieran entrado en mi casa. Porque esa casa era de aquel hombre, ¿verdad?

Tony asiente con la cabeza.

—¿Y qué hacíais allí?

—Solo buscábamos un lugar para pasar la noche.

—¿Y por qué escogisteis la casa número 32? ¿Fue al azar?

—Sí, era la única en la que encontramos una entrada abierta. Estuvimos bastante rato gritando y pidiendo ayuda, pero nadie nos socorrió.

—Como comprenderás, todo esto es un poco sospechoso.

Tony la mira encogiendo los hombros, sin saber qué responder.

—Dice la verdad —vuelve a interrumpir Ivan.

—Como vuelvas a abrir la puta bocaza una vez más, te juro que te mato. ¡¿Me has entendido, hijo de puta?! —grita Beatrix, de nuevo llena de rabia, con las venas del cuello hinchadas y la cara roja.

Ella misma inclina la cabeza dirigiendo su mirada a la mujer desconocida:

—¡Eh! Dime un número del uno al cien.

—El sesenta —responde sin apenas pensarlo.

—¿Este número es por algo en concreto? ¿Es tu número de la suerte?

La mujer, sin responder, mira un instante a los chicos antes de que Beatrix llame de nuevo su atención.

—Bien, tienes sesenta segundos para contarme cómo fue tu día de ayer; todo lo que hicieras.

La mujer se queda bloqueada, con los ojos como platos.

—El tiempo ya está corriendo.

—No sé, me desperté, desayuné y salí a trabajar como cada día. Soy enfermera.

—¿Como cada día?

—Bueno, desde que la ciudad está patas arriba tengo que ir a las casas de los pacientes mayores a darles su medicación.

—Uf…, tiene que ser un trabajo duro, ¿no? Soportar a esos viejos verdes babeando y a las viejas arpías hablándote mal.

—Bueno, hay de todo —responde mirando hacia el suelo.

—¿A cuánta gente has matado, señorita?

—No he matado a nadie.

—No sé si lo has escuchado bien cuando lo he dicho antes, pero la única norma era decir la verdad… Y sabemos lo que hiciste, sabemos que estrangulaste a esa anciana; pero no te molestes en darnos explicaciones, ya no, tus sesenta segundos se han acabado.

Beatrix, severa, levanta su arma y, junto a cuatro de sus secuaces, cosen con cientos de balazos a aquella joven mujer.

Ivan y Tony se quedan impactados ante la frialdad de Beatrix, pues ni siquiera le ha dado más de sesenta segundos para que explicara la situación o el motivo.

«No aparentaba ser mala persona y, desde luego, no parecía estar loca», piensa Ivan.

—Hay cámaras en todas partes. Y nosotros no apartamos la mirada de sus monitores —declara Beatrix de espaldas antes de desaparecer entre las sombras de la habitación dejando a sus dos rehenes por ahora solos y encerrados junto a aquel hermoso cuerpo convertido en un sangriento colador.

17

SARA, JOSE
La niebla I

Sara y Jose, desamparados, sin un lugar donde refugiarse, caminan entre la niebla que desdibuja las calles al este de la ciudad.

A su alrededor, se escucha el zapateo de gente corriendo y sus susurrantes voces; seres que no logran ver. Ellos, temblorosos, avanzan cuidadosamente, pues aquella no es una zona segura para nadie; y lo más probable es que, mientras permanezcan ahí, sigan estando en peligro, a pesar de la esperanza viviente de que quizás la niebla no les permita ver ni ser vistos. No obstante, eso no es algo que los tranquilice, pues la niebla es símbolo de mal augurio en la ciudad; muy pocas veces ha surgido y, sin embargo, todos conocen sus leyendas:

Muy al este, lejos de allí, hay un monte tan ardiente como el mismísimo sol. Su luz puede verse cual estrella, y su calor puede sentirse con el viento de levante. Se dice que un Dios alzó ese fuego inmortal sobre el monte para proteger a los humanos del tenebroso mundo y de las sombrías bestias que hay tras él. Cuenta la leyenda que la niebla que llega a la ciudad es el humo de las brasas de aquel monte en llamas moribundo, y que no lleva consigo más que terror.

Pero eso solo es una leyenda, el terror ya lleva días acechando esta ciudad.

«Lo importante es no detenerse», se repite Jose. «Hay que aprovechar la niebla para llegar a un lugar seguro».

Después de tanto hablar, de tantas risas, de tantas discusiones, ahora no les salen las palabras. Los acontecimientos parecen haberles cerrado el pico de una vez por todas.

Continúan avanzando sin descanso a través de aquella espesa niebla que silencia el mundo y que les hace ver con más claridad el cuerpo de Michael cubierto de sangre y con el hacha clavada en la frente; un recuerdo que, al ser tan cercano, es extraño que su mente altere. Sin embargo, así es. El cadáver de su amigo ya no yace en el sofá del salón de su bonita casa color ladrillo, ahora vaga cual caminante sin vida a su lado, a pocos metros de ellos.

Ambos ignoran lo que ven.

A medida que avanzan, pesadillas cada vez más antiguas reviven en la niebla; demonios del pasado de Sara y Jose.

El jefe del segundo trabajo que tuvo Jose y que lo trataba como un esclavo, castigando sus errores a base de palos, está ahora en ella también, tratando de golpearlos con su *stick* de *hockey*.

—¡Cuidado! —advierte Sara de un grito, agachándose mientras tira de la camiseta de Jose para que rehúya el ataque.

El *stick* vuela cerca de ellos una y otra vez; pero, por suerte, consiguen esquivarlo.

El atacante parece igual de vivo que el cadáver andante de Michael, con un tono azul grisáceo en la piel; enormes ojeras bajo una mirada perdida de cristal; y la mandíbula desencajada, que deja entrever una lengua morada e hinchada sangrando por todas partes un líquido tan negro y espeso como la húmeda tierra bajo la primera capa del suelo, oscurecida por la descomposición de la vida.

Nuevos jugadores entran en la partida: un exnovio violento, amigos traicioneros, una madre que solo siente desprecio, abusones de la escuela, e incluso peligrosos desconocidos.

Todos tratan de alcanzarlos, de tumbarlos y de acabar con ellos.

—¡Corre! —grita Jose agarrando a Sara de la mano y escapando de aquellos fantasmas que se funden con la espesa niebla.

Gritos de desesperación, gritos de terror, gritos y más gritos se escuchan a escasos metros silenciados en unos segundos por el sonido de cuchilladas, salpicaduras estallando contra el suelo, y mutilación.

El eco de unas tripas gruñendo reina en la niebla ahora; tripas que no son de ninguno de ellos dos y que Sara, a pesar de intentar negárselo a sí misma, conoce perfectamente, pues lo ha escuchado miles de veces antes.

Un escalofrío le sube por la espalda. Siente sudores fríos.

Aquel monstruo que durante años la acechó en la oscuridad y al que a base de pastillas logró olvidar ha vuelto a la vida; sin embargo, esta vez, es de carne y hueso.

18

Ivan y Tony se encuentran caminando por unos túneles de hormigón grandes y profundos, por detrás de cuatro hombres armados y de Beatrix Martin. Sus andares provocan un eco interminable, y eso es lo único que escuchan, pues aquellos soldados con la boca sellada no tienen intención alguna de solucionar las dudas que les rondan la cabeza.

—Hola —irrumpe cortándoles el paso un hombre peculiar y sonriente de más de cincuenta años con un sombrero de copa corto y un característico bigote canoso vestido con un elegante traje grisáceo; dejando así que Beatrix y sus hombres, quienes ni siquiera giran la cabeza, se marchen solos—. Mi nombre es Christoph.

—Íbamos con ellos —dice Tony intentando esquivarlo como si el señor fuera un vendedor de droga callejero.

—Ellos tienen trabajo, yo seré vuestro guía —les bloquea el paso de nuevo—. ¿Tenéis alguna pregunta por ahora?

—Sí. ¿Por qué nos han interrogado si sabían que éramos inocentes? —pregunta Ivan velozmente.

—Para conoceros mejor y para saber si erais personas cuerdas en las que se puede mínimamente confiar.

—¿Qué es este lugar? —pregunta esta vez Tony.

Christoph abre una puerta:

—Buena pregunta. Por aquí —les indica para que continúen caminando—. Esto es un refugio. Hace muchísimos años, nuestros antepasados construyeron estos refugios bajo las ciudades, no solo aquí, en todas partes, para protegerse de las guerras en las que posteriormente lucharon.

—Como el refugio bajo el desierto —aporta Tony algo afligido.

—Así es. Quizás ese sea el más conocido, porque su ciudad entera se fue volando como la misma arena al viento. En cambio, como nuestra ciudad prosperó, este cayó en el olvido.

—¿Y qué hacemos aquí abajo? —pregunta Ivan.

—Protegernos de la guerra en la que posteriormente lucharemos —responde tras esperar un segundo, como si la respuesta fuera evidente.

—Pero no hay ninguna guerra.

Christoph arranca a reír de una forma muy exagerada. Ivan y Tony lo miran sin entender el motivo de aquellas fuertes carcajadas.

—Disculpad, disculpad —dice secándose las lágrimas con un pañuelo de tela—, me ha hecho gracia tu inocente respuesta. Sí, sí que la hay; tenemos mucho de qué hablar.

Se detienen frente a una puerta roja.

—Bien, este es el punto cero. A partir de aquí están las habitaciones.

—¿Qué hay detrás de la puerta roja? —pregunta Tony.

—Nada que te incumba —responde con su habitual sonrisa—. Continuemos.

Caminan unos metros más adelante, acercándose a más puertas; en este caso, con un cuadrado pintado en cada una.

—Vuestra habitación está a la derecha.

Al asomar la cabeza, aprecian que es tan grande como un supermercado, aunque está completamente llena de literas.

—Solo tenéis que buscar una litera vacía; pero no ahora, cuando acabemos la ruta.

Los chicos le responden con una falsa sonrisa, puesto que no les agrada mucho la situación de compartir habitación con cientos de personas.

—Como podéis ver, muy cerquita tenéis el comedor común.

«Es tan grande como una plaza», observa Ivan.

—Y más allá está el gimnasio, la zona de juegos para los más pequeños, la biblioteca para los estudiosos…

—¿No hay ningún lugar donde podamos estar solos? —pregunta Ivan interrumpiendo, como de costumbre.

—Claro, más allá de la biblioteca hay infinidad de habitaciones donde se suelen hacer diferentes trabajos o actividades. Si está abierta y no hay nadie dentro, puedes entrar y quedarte a solas.

—¿Hay algo que podamos hacer para ayudar? —consulta Tony.

—¿Qué es lo que sabéis hacer? —pregunta mirándolos fijamente a los ojos esperando una respuesta rápida.

Ivan se siente intimidado, y contesta enseguida sin darle mucha importancia:

—Yo fui profesor, y ahora trabajo de mantenimiento en un gimnasio.

—Entonces, escoge tú mismo, eres libre.

—Yo quiero luchar. Me gustaría ayudar para que todo esto acabe lo antes posible.

—¡Uy! Eso no depende de mí, muchacho; tendrás que hablar con Beatrix.

—¿Y dónde está?

—Justo ahí —señala—, tras la puerta verde.

Tony, seguro de sí mismo, se dispone a cruzar aquella puerta para hablar con Beatrix, pero Christoph lo detiene interponiéndose en su camino una vez más.

—Todavía no. Primero tenemos que hablar, ¿recuerdas? ¿Acaso sabes contra quién luchamos o por qué motivo?

—No...

—Bien —Christoph saca una hoja de papel arrugada del bolsillo de su americana y, con un puño en alto, comienza a recitar el escrito cual obra de Shakespeare, haciendo carraspear su voz antes de empezar y colocándola más grave y épica—. Luchamos contra el gobierno y sus adeptos, aquellos titiriteros que nos tratan como sus juguetes o experimentos. También luchamos contra la locura, que perturba nuestra realidad haciéndola más sombría e ilógica y, por último, luchamos contra la oscuridad que avanza por nuestras calles destruyendo y matando por placer.

Somos parte de esta ciudad, somos La Resistencia y, como tal, resistiremos firmes ante cualquier golpe, pues por nuestras venas corre el hierro fundido de la mismísima Doncella.

Ivan y Tony se miran intentando aguantar la creciente risa que se abre paso en su interior.

—Bueno, ¿qué os ha parecido?

—¡Fabuloso! —Ivan lo felicita mientas los dos arrancan a aplaudir conteniendo todavía la risa, aunque sí que se les escapa un poco.

—Gracias, gracias —dice sintiéndose elogiado—. Aún me faltan algunos detalles por pulir, pero estoy en ello.

19

RAQUEL
Castillo Ruby

Alguien llama a la puerta de la anteriormente denominada «Casa de Michael»; ahora, del recién nombrado «Castillo Ruby», como marca escrito con un rotulador de punta gruesa rojo y permanente el buzón que se encuentra frente a esta.

Nadie contesta, pero él insiste varias veces.

—Soy el agente Tresgallo, de la policía. Abran la puerta, por favor. Sé que están ahí.

La pequeña Ruby camina hacia la puerta y abre.

—Hola, señor. ¿En qué puedo ayudarle?

—Hola, guapa. ¿Están tus padres en casa?

—Sí, pero están ocupados.

—¿Podrías avisarles? Seguro que pueden dejar lo que estén haciendo y atenderme un minutito.

—No. Si no quiere hablar conmigo, tendrá que venir en otro momento —responde mientras comienza a cerrar la puerta.

—Espera, espera, está bien —dice sorprendido sujetando la puerta e intentando mirar al interior, aunque sin éxito—. Tenemos varias llamadas de esta dirección, y también de sus vecinos avisándonos de que han escuchado gritos en la casa.

—Señor agente, creo que toda la ciudad está igual, los gritos podrían venir de donde sea. Aquí no pasa nada.

—Me parece fantástico, pero tengo que entrar y comprobarlo; ese es mi deber.

—¿No le sirve con ver que estoy bien? Una niña de solo diez años.

—No —responde ya harto de la conversación—. Si no me dejas entrar, tendré que tirar la puerta abajo, y no creo que a tus padres les haga mucha gracia.

—De acuerdo, de acuerdo, adelante.

El agente se adelanta y, desde el recibidor, observa aquella casa tan ordenada e impoluta. Ruby sonríe maliciosamente detrás del agente, recordando cómo anteriormente limpió toda aquella sangre, cubrió las manchas de sofá con unas mantas y retiró el cadáver de Michael del salón. Raquel, todavía atada y amordazada, intenta gritar y dar golpes; pero es inútil, y lo sabe. No pueden oírla, y eso la hace agobiarse y llorar más todavía.

—¿Y tus padres dónde están? —pregunta el agente al ver que no hay ningún problema.

—Ocupados, señor, encerrados en su habitación.

—Entiendo… —dice soltando una carcajada—. En fin, todo parece en orden.

Se da media vuelta y sale por la puerta como ha entrado.

—Adiós, señor —se despide alegre la niña antes de cerrar la puerta.

El agente Tresgallo coge el *walkie-talkie* tras alejarse un poco de la casa:

—Hey, Bonnie, ¿puedes comprobarme si Michael Ribs tenía familia? Una hija de unos diez años, concretamente.

—Dame un segundo.

El agente observa aquella casa de lejos, con un cigarro en la boca.

—Tresgallo, ¿me recibes? —suena en el *walkie-talkie* entre interferencias unos minutos más tarde.

—Aquí estoy —informa tras soltar el humo de sus pulmones.

—Tiene unos tíos que viven al norte de la ciudad, ambos jubilados. Ellos ejercieron de padres. Sus verdaderos padres no viven por aquí cerca. No ha estado casado, no tiene hermanos, y mucho menos una hija de diez años.

«Lo que me temía», piensa él sin decir nada.

—Gracias, Bonnie —Tresgallo apaga el *walkie-talkie* y se queda allí plantado mientras se acaba su cigarro.

Ruby, segura de su actuación, abre la puerta de la habitación de Raquel.

—Te he dicho un montón de veces que no grites, que los vecinos podrían oírte. No voy a hacerte nada malo, somos amigas. Raquel la escucha y la mira llorando, todavía con la mordaza en la boca.

—Cuando vivía con mis padres, siempre celebrábamos cenas para hablar las cosas. Eran cenas tan grandes como las de Navidad; pero, en lugar de cantar villancicos, hablábamos de nuestra semana, de lo bueno y de lo malo. Eso nos hacía ser una familia más unida. Hoy vamos a celebrar una de esas cenas para nosotras, ¿de acuerdo? Tendremos que arreglarnos y ponerlo todo superbonito.

20

Sam
Área I

Sam ha perdido la noción del tiempo esposado al suelo de un campo de prisioneros a los pies de soldados armados y abrazado por decenas de personas que esperan a ser juzgadas por ellos. Esta es la primera vez que ve aquellas tres siglas que estos llevan bordadas en sus uniformes negros: «D. A. P.». Sin embargo, no se pregunta siquiera lo que pueden significar, no le importa; entiende que ellos están al mando y que él debe pagar por sus actos frente a quien sea.

—El ciclo se repite una y otra vez —comienza a contarle el hombre de su izquierda.

Un oficial se acerca y canta unos cuantos números que indicarán a los seis ganadores que se llevan a rastras al barracón. Después, se escucharán gritos, golpes, e incluso algún que otro disparo y, por último, dos furgonetas se llevan a los seis afortunados a algún lugar seguramente peor que este.

Un soldado se acerca a ellos haciéndolos callar, pero el hombre continúa hablándole a Sam:

—¿Qué has hecho para estar aquí? ¿Has matado a alguien? Seguro que sí.

—Ya has oído al guardia, cállate.

—Yo hice algo malo hace muchos años y, desde entonces, tengo muy mala suerte. Saben que fue un accidente, pero les da igual, no les interesa liberar a nadie.

—Hablas demasiado.

—No, tú hablas demasiado poco para estar a punto de morir —dice antes de echarse a reír.

—Déjame en paz.

—¡He dicho que os calléis! —grita el soldado.

—Mucho ladrar y poco morder —murmura el hombre sonriendo con maldad justo antes de recibir una patada en la cara.

—¿Se ha vuelto loco? —grita Sam poniéndose de pie y encarando al soldado de un salto.

—¡Vuelva a sentarse! —le grita apuntándole con el arma lista para disparar.

Tanto los prisioneros como los soldados dirigen su mirada hacia ellos para enterarse del altercado.

—Solo estábamos hablando.

El soldado, velozmente, le suelta un fuerte golpe con la culata de su rifle, haciéndolo caer de nuevo al suelo. Al instante, Sam, serio, sin parecer afectado a pesar del goteo de sangre de la ceja, se coloca como antes: de rodillas y en silencio. Todo vuelve a apaciguarse.

—Gracias por intentar defenderme. Soy Donald.

—Sam.

El oficial se acerca una vez más desde aquel misterioso barracón, grita seis números sin ninguna relación aparente entre sí, y se lleva a seis prisioneros más.

—¿Estás bien? —le pregunta Sam a Donald.

—Tranquilo, pronto le haré comerse sus botas militares de mierda. ¿Y tú?

—Sí… —responde pensativo—, salvo que no recuerdo cuál es mi número.

—Llevas una placa identificativa colgada en el cuello.

Sam se apresura a mirar el número inscrito en ella.

—¿Por qué este número?

—Eso solo lo saben ellos. Puede que sea un número al azar, o tal vez no; pero antes había otro hombre en tu lugar con esa misma placa, gritaron su número hace muy poco.

Unas trompetas comienzan a sonar con fuerza.
—Ah, cambio de guardia —informa Donald.
—¿Y nosotros a dónde vamos?
—A ninguna parte, amigo. En este metro cuadrado, tendrás que aguantar toda la noche y todo el día de mañana, y pasado mañana también. Solo cuando el oficial diga tu número podrás levantarte e irte con él. Hasta entonces, no podrás moverte de aquí, así que ponte cómodo.
—Pero esto es una tortura.
—Exacto, somos los cerdos de este matadero.

21

TONY, IVAN
La Resistencia: Nuevo Maddom

Beatrix Martin está reunida con sus guerreros en aquella habitación tras la puerta de color verde, que se abre de golpe a causa de una fuerte patada ejecutada por Tony, llamando así la atención de todas las personas que se hallan en su interior. La sala es más grande de lo que aparentaba. Se parece a una clase de universidad, con muchas sillas, más de un tercio ocupadas, con Beatrix al frente, delante de un mapa de la ciudad colocado sobre una pizarra, al lado de muchos más planos y fotografías. En realidad, la zona en torno a Beatrix está muy desordenada; repleta de papeles. La poca luz que hay apunta hacia ella y al mapa.

—Quiero unirme —manifiesta él seguro de sí mismo.

Todos los guerreros miran en silencio a Beatrix esperando su respuesta.

—Está bien, toda ayuda es bienvenida. Imagino que Christoph ya te ha puesto al día. Siéntate, estamos planeando nuestra próxima misión.

Beatrix, con los ojos anclados, espera a que este tome asiento.

—La misión consiste en destrozar un campo de prisioneros donde los D. A. P., junto a la policía, tienen a más de cien personas recluidas; personas que podrían ser dementes o no. Están en condiciones infrahumanas, encadenados al suelo de este campo —dice señalando el mapa— día y noche, sin descanso y sin comida, con el objetivo de mermar sus fuerzas, su vitalidad y su cordura. Os aseguro que, si me lo hicieran a mí, también me volvería una loca psicótica. En fin, el plan es rodear el campo y destruir las puertas desde todos los puntos posibles para después capturar a prisioneros con el mismo *modus operandi* de siempre: inyectamos el somnífero, los atamos bien, le colocamos una bolsa en la cabeza, y a los camiones. Estos los llevarán a la sala azul para someterlos a un interrogatorio y...

—No lo entiendo —interrumpe Tony levantando la mano.

—Deberías saber que odio que me interrumpan —le advierte rabiosa—. Te lo paso esta vez porque eres nuevo. ¿Qué es lo que no entiendes?

—¿Por qué luchamos contra la policía? Ellos estarán intentando encontrar a los que se escaparon de Maddom y proteger a los civiles, ¿no? Igual que nosotros.

—Bueno, creo que Christoph no ha hecho muy bien su trabajo —se queja en voz baja mientras da unos pasos pensativa—. Te encontramos en una celda; lo sabes, ¿verdad?

—No —responde él extrañado.

—Pues así es. Esas pequeñas casas del norte son las nuevas celdas de Maddom. Están cerradas, insonorizadas y bajo vigilancia. Esas calles bloqueadas por muros de cristal son los pasillos actuales de un Maddom nuevo e inmenso.

—¿Qué? —expresa descolocado—. No entiendo nada.

—D. A. P. pretende convertir esta ciudad entera en su nuevo Maddom. ¿Lo entiendes ahora? Ellos liberaron a los presos para sumergirnos en el caos y tener así la aprobación del gobierno para arrancar con su operación. Esto es una guerra a tres bandos donde nos jugamos una ciudad y las vidas de todos sus habitantes.

Tony se queda sin palabras, tenso, sin aire, en *shock*.

—Lo siento, pero no estás listo para unirte —concluye Beatrix antes de ordenarle a uno de sus guerreros que acompañe a Tony fuera de aquella sala—. Continuemos, vamos a organizarnos.

Ivan se acerca a la puerta verde al ver cómo expulsan a Tony de un empujón.

—No ha ido bien, ¿no?

—Para nada.

—Yo me marcho de aquí —dice repentinamente Ivan.

—¿Qué? ¿Por qué? ¿A dónde?

—Esto no me gusta. Además, aquí no hay nada para mí, no me interesa nada de esto. Me voy con mi familia. Michael, Sara, Jose y Raquel seguirán esperándonos en casa, y tal vez Sam haya vuelto también. Ese es nuestro punto de encuentro, y allí es a donde voy.

—No creo que sea una buena idea.

—No te estoy pidiendo que vengas. Tú ibas al desierto a descubrir misterios ocultos y a vivir aventuras; y has llegado a un sitio en el que puedes hacer ambas cosas, aunque sea un lugar distinto. Y, a pesar de no haber sido aceptado esta vez, estoy seguro de que con el tiempo lo harán.

Ivan le tiende la mano a su compañero para despedirse y, tras un segundo, Tony la recibe con firmeza y una sonrisa.

Después, se da media vuelta y se aleja tranquilamente, adentrándose en el profundo túnel de aquellas instalaciones bajo tierra.

22

SARA, JOSE
La niebla II

En el mundo de las sombras, dentro de aquella niebla que permanece estable, sin intenciones de amainar, en el este de la ciudad, Sara y Jose han conseguido llegar a un lugar supuestamente más seguro que las calles: una escuela de primaria que también se haya desierta. Abrazados en el suelo, se esconden en una esquina de la enfermería, pues, a pesar de estar en un interior, la niebla sigue sin dejar que cruce un rayo de luz a tres palmos de distancia. Tan solo pueden verse el uno al otro, así que, para mantenerse a salvo, solamente pueden confiar en sus oídos.

—¿Qué ha pasado con toda aquella gente? Estaban ahí, querían jodernos, y de golpe... —pregunta Jose tan absorto como impactado.

—Creo que algo peor acabó con ellos.

Él suspira.

—Esto es un desastre.

—¿Te imaginas que todo esto fuera un sueño? —le dice Sara apoyando su espalda en la pared.

—Una pesadilla, dirás. Ojalá nada de esto hubiera pasado. Yo estaría en mi pisito, con mis plantitas, con mi perro...

—¡Anda! No sabía que tenías un perro.

—Sí, un pastor alemán. Se llama Bucky.

Sara mira de frente a Jose, quien se queda serio y en silencio también mirándola. Cada vez están más cerca el uno del otro. Ella lo agarra de la camiseta y se acerca otro poco más, hasta casi rozar sus labios.

—Despierta… —susurra Sara antes de asustarlo con un «bu» y un empujón.

—¡Qué tonta eres! —dice Jose sonriendo.

—¿Te acuerdas de las historias que nos contaban de pequeños? —le pregunta ella mientras él vuelve a sentarse como estaba antes, a su lado—. Las que dijiste que eran falsas.

—Claro —responde extrañado—. ¿Por qué?

—Había una que hablaba de sombras en la niebla. ¿La recuerdas?

—Creo que no.

—Intuyo que no podremos escapar de aquí.

—No digas eso, estamos acostumbrados a movernos en habitaciones llenas de humo. Saldremos de esta —contesta él con una sonrisa y tratando de calmarla.

—Sí, pero este humo es distinto, esconde cosas peligrosas y desconocidas.

Algo le ronda en la cabeza a Sara, y por eso se pone en pie tendiéndole la mano.

—Tengo una idea, ¡vamos!

«¿Qué clase de idea le estará rondando ahora la cabeza?», se pregunta él.

Uno delante del otro, cogidos de una mano y acariciando con la otra la pared que los guía, avanzan muy lentamente hasta detenerse en la puerta de la enfermería.

—¿Sabes a dónde vamos? —intenta averiguar Jose susurrando.

—Sí. Cállate y no te pares —le contesta ella tirando de él.

Continúan caminando poco a poco por la nube, que también cubre el pasillo.

Al encontrarse con la primera clase, hallan algo muy extraño y curioso. Detrás del cristal de aquella puerta cerrada, la niebla es mucho menos densa, ya que desde allí mismo pueden ver la clase al completo repleta de niños sentados correctamente en sus asientos, con la espalda recta y atendiendo a la profesora, que señala lo que hay escrito en la pizarra. Todos ellos se percatan de que alguien los está observando; y giran las cabezas al unísono dirigiendo su mirada hacia las personas que hay tras la puerta, es decir, a Sara y a Jose.

Ignorando aquello, la pareja avanza de la misma forma hasta la segunda puerta, donde se encuentran con más niños sentados igual que los demás, firmes, mirándolos desde sus escritorios. Lo mismo en la tercera puerta, e incluso en la cuarta. La única diferencia entre ellas es que las personitas de las aulas cada vez son más mayores. Y lo más extraño es que a los dos les resultan familiares todos, absolutamente todos, esos rostros, a pesar de no haber crecido juntos.

Asustados, van acelerando su paso.

La biblioteca está vacía, por eso es allí donde entran a esconderse. Es tan estrecha y con tan pocos libros que no debería llamarse así. Tan solo hay cuatro ordenadores un tanto obsoletos para buscar información y algún que otro libro tumbado sobre las pequeñas estanterías llenas de polvo.

Uno de esos ordenadores está encendido, y muestra en su brillante pantalla de tubo un artículo que leen con mucha atención después de sentarse en las sillas que hay delante de este.

El texto cuenta que Sara estuvo un breve tiempo encerrada en Maddom, puesto que sufría alucinaciones cuando era solamente una niña. Eso era cierto, aunque ese era un pequeño secreto que nunca le contó a nadie y del que su familia tampoco volvió a hablar nunca. Pero, después, el artículo comienza a distorsionar lo que de verdad ocurrió, diciendo que nunca se rehabilitó y que se fugó de allí. Terroríficas y falsas fotografías acompañan esa noticia; y Sara, a pesar de estar profundamente dolida y aterrada, no puede apartar la mirada de aquellas imágenes. Era ella misma vistiendo una camisa de fuerza blanca y con una larga cabellera abierta lo justo para que pudieran verse su rostro sonriente y su mirada fija a la cámara. Estaba en la sala de lobotomía de Maddom sentada sobre el cadáver de un doctor.

—Jose.

Él no contesta.

—Jose, por favor —lo llama asustada al ver que no puede mover la cabeza y que sus ojos permanecen fijos en la pantalla, igual que en la falsa fotografía.

Pero él sigue sin contestar.

—Ayúdame, Jose —insiste mientras sus ojos se van llenando de lágrimas provocando que su visión se torne borrosa.

Cuando, al fin, gracias a aquellas lágrimas, logra apartarse y girar la cabeza, el horrible monstruo de sus pesadillas está allí mismo. Es enorme, corpulento, musculoso, con una piel viscosa y oscura, cuatro garras afiladas en las manos, y una boca gigantesca y profunda de la cual sale la mitad inferior del cuerpo de Jose. La otra mitad ya había sido engullida en tan solo un parpadeo y sin necesidad de masticar siquiera.

Sara se pone en pie y huye escopeteada de aquella escuela, perdiéndose por las calles, entre la niebla, deseando encontrar un lugar donde esta amaine.

23

El sol está bajo, y el tiempo corre; pero el número de prisioneros, en lugar de disminuir, sigue en aumento, porque por cada seis que se llevan, entran doce nuevos.

La rueda continúa girando. El oficial se aproxima desde el barracón para reclamar seis nuevas almas mientras todos se preguntan quiénes serán los afortunados de hoy y cuándo llegará su turno. Unos esconden la cabeza y rezan para que el oficial no cante su número. Otros, en cambio, prefieren ser llamados para acabar cuanto antes con su interminable espera y, junto a ella, con su angustiosa tortura.

—… Y el 287.

Ese es el último número que sale de los labios del oficial en esta ocasión. Un número que resuena en la cabeza de Sam cual eco en un pozo sin fondo; y un pozo en el que siente que está a punto de caer, y del que no podrá volver a salir.

—287 —repite el oficial.

Sam, petrificado, no responde. Su mente está completamente en blanco; y su mirada, fija al frente. Su respiración comienza a descontrolarse, y el aire a empieza a escasear en sus pulmones.

—Tranquilo, amigo —pronuncia la voz de Donald desde su lado.

—¡Eh, levántate, ha dicho tu número! —grita el soldado apuntándole desde lejos al fijarse en el número de su placa.

—No —responde él asfixiándose cada vez más debido al ataque de ansiedad que está sufriendo—. Necesito mi libreta, por favor.

—Traedlo —le ordena el oficial sin alzar la voz a los dos soldados que guardan su espalda.

Estos obedecen al instante y comienzan a caminar entre los prisioneros hasta llegar frente a Sam, a quien agarran por los brazos y levantan para, acto seguido, tirar de él en dirección al barracón.

—Puedes hablar, Sam —grita Donald en un último esfuerzo por ayudar a su fugaz compañero—. Tu voz no podrán silenciarla. ¡Grita!

Sam recibe el mensaje y, mientras continúan arrastrándolo, cierra los ojos para aislarse del loco mundo que lo rodea.

—Ha llegado mi momento... —susurra primero, arrancando después a gritar—. Estoy cayendo en el abismo, en brazos de una muerte que no me desea, pues puedo verla alejándose de mí, ignorando las cuatro paredes de piedra de la profunda tumba que me asfixia. Me dirijo a ver cómo todos mis recuerdos se funden con el fuego que alguien prendió en mí dejando que la oscuridad sea la única que desde hoy me abrace.

El discurso de Sam se detiene al cruzar aquella puerta de madera, ya que al ver el interior del barracón se queda perplejo. Para nada era una simple choza donde los castigaban y los hacían doblegarse a base de golpes, como él creía.

«Es un puto laboratorio lleno de cámaras, de cables, de ordenadores y de instrumentos científicos», observa asustado.

En el centro de este, hay seis sillones de hierro atornillados al suelo con esposas en los reposabrazos: tres en un lado y tres en el otro, mirándose entre sí. También un soldado armado detrás de cada uno de los sillones, supuestamente por si el experimento se tuerce y tienen que acabar con la rata. Sam y los otros prisioneros serán las ratas esta vez; así que, tras sentarlos en los sillones, esposarlos y taparles la boca con cinta americana, los soldados, los médicos y el oficial se miran y asienten con la cabeza marcando el inicio del experimento.

—Veamos. Hay tres rumbos para poder salir de aquí —el oficial comienza a hablar—. El primero y más corto es hacia la muerte, guiado por uno de nuestros buenos soldados. Para tomar este camino, solo tenéis que intentar escapar, atacarnos o lo que sea que no nos guste.

Pueden verse llamas del odio que va creciendo en los ojos de los seis prisioneros que lo escuchan. Indiferente, continúa:

—El segundo camino os llevará a un campo de refugiados donde podréis reencontraros con vuestros familiares o amigos y continuar con vuestras maravillosas vidas lejos de esta ciudad. Por último, el tercer camino os dejará encerrados de por vida en una de las nuevas celdas de Maddom. Este, aunque no lo parezca, también es un buen destino, ya que esas celdas son realmente increíbles. Eso sí, he de advertiros a todos de que los rumbos tienen sus ventajas y sus inconvenientes.

El oficial les hace un gesto a sus soldados para que retiren la cinta que tapa la boca de los presos, y pregunta:

—¿Alguno prefiere la primera opción?

—Hijos de la gran puta, vosotros sí que moriréis pronto —gruñe entre dientes, rabioso, el hombre que está esposado frente a Sam antes de recibir un disparo en la cabeza.

—Disculpa —le dice el oficial a Sam, tras un segundo de silencio, al ver que su cara ha quedado manchada con la sangre y los trozos de cerebro del hombre al que le han volado la cabeza cual lata vacía sin ningún valor.

Él permanece serio e inmóvil.

—Vamos con las otras dos opciones. Para que decidamos quién se va al campo y quién a la celda, tenemos este magnífico invento —continúa el oficial mientras les muestra un frasco de cristal en espray—. Este aerosol solo os hará soñar y, mientras, nuestros ordenadores estudiarán el interior de vuestra mente.

Tanto el oficial como sus soldados, al igual que los médicos, cubren sus rostros con máscaras de gas para evitar respirar el aerosol que pulverizarán sobre sus prisioneros uno a uno.

Aquellos hombres sujetos e indefensos, que no han dicho ni una sola palabra desde que han entrado por la puerta, comienzan a gritar como locos al inspirar la toxina, reflejando un terror inexplicable, un terror inmenso.

Sam, contemplando impasible la tortura de los demás, es el único al que rocían y, aun así, con la cara mojada de aquel compuesto, no grita, tan solo sigue mirando.

Poco a poco, los demás van cayendo derrotados por aquel sueño que el oficial había mencionado, pero Sam sigue igual.

—No lo entiendo —dice él cuando el último de ellos cae.

El oficial sonríe y se acerca a él para explicárselo:

—Antes, cuando os he explicado el funcionamiento del aerosol, he sido muy cuidadoso al utilizar la palabra «soñar». La mente de una persona cuerda siente, desea y teme; por lo tanto, una persona cuerda sueña. En cambio, hay quienes no sienten, ni temen, ni sueñan: personas como tú a las que llamamos «locos» o «dementes».

—Yo no…

—Eres el único que tomará el tercer camino esta ronda: el camino de la celda.

Uno de los médicos aprovecha el discurso del oficial para inyectarle a Sam otra mezcla química que lo deja completamente inconsciente.

De golpe, cuatro grandiosas explosiones iluminan el cielo desde los cuatro puntos cardinales, rompiendo las fronteras y liberando así a los prisioneros, que, en lugar de marcharse, se alzan contra los soldados de D. A. P. con la poca energía que les queda.

Las fuerzas de La Resistencia cruzan las actuales ruinas fronterizas en camiones blindados de los que salen sus guerreros armados. La mecha prende rápido, arrancando el fuego cruzado, que inicia una matanza tan potente que, desde ese día, ambos bandos la recordarán, ya que pocos de sus hombres lograrán escapar con vida.

RAQUEL
Los juguetes de Ruby

Ruby acaba de colocar el último plato en la mesa del salón. Lo cierto es que, a pesar de su insensibilidad y agresividad, tiene una especial habilidad para dejarlo todo reluciente y precioso. La mesa está desplegada y, sobre ella, hay tendido un mantel rojo. En el centro, un candelabro, platos color carbón y unas finas copas de cristal. Lo curioso es que no está puesta para dos personas, sino para cuatro.

—Raquel, ¡¿te has vestido ya?! —grita la niña mientras sube por las escaleras.

La joven sigue sentada sin mover un dedo, tal y como Ruby la dejó, sobre la cama de la única habitación que podía cerrarse con llave.

—¡Pero, bueno, si sigues igual! —dice al entrar en ella y cerrar la puerta nuevamente con llave—. Voy a ayudarte para que estés perfecta.

En la cama también hay un vestido precioso, brillante y de color oro pálido. Un vestido que Ruby le pone con cuidado, como cuando se juega con un juguete recién estrenado.

—Voy a quitarte esto de la boca, ¿vale? ¿Me prometes que no gritarás?

Raquel asiente con la cabeza, así que la niña, con tacto, le quita el sucio trapo de la boca y comienza a limpiarle la suciedad y las lágrimas de la cara.

—No llores, por favor. Solo quiero cuidarte. Quiero que seas mi familia.

—¿Por qué? —le pregunta Raquel derrotada sin dejar de llorar.

—Eres la única que se ha preocupado por mí en toda mi vida —responde al colocarse tras de ella—. ¿Recuerdas cuando conociste a Nora? ¿Cuando la peinaste igual que estoy haciendo yo ahora contigo? Yo estaba mirándolo emocionada, ¿sabes? Desde ese momento, Nora y yo supimos que serías nuestra mejor amiga.

—Déjate de tonterías —dice Raquel cansada—, Nora y tú sois la misma persona.

—No es cierto —responde calmada—. Nos parecemos, nos suelen confundir, pero no somos la misma persona. Ella es ella, y yo soy yo.

—Estás loca, necesitas ayuda.

—Ya estuve en Maddom y sigo igual —dice riendo—. Mira, te lo voy a explicar tal y como me lo explicaron a mí: mi cuerpo es una marioneta. Algunas veces, Nora mueve los hilos, y otras veces los muevo yo; pero los mueva quien los mueva siempre estamos mirando las dos, una por cada ojo.

Raquel, que continúa llorando en silencio, ahora tiembla ante la total consciencia que tiene Ruby de su locura.

—Todo listo, estás guapísima —dice feliz, besándose la punta de los dedos—. Vamos abajo, uno de los invitados ya nos espera.

—¿Invitados?

—Sí, quería darte una sorpresa, ahora los verás. Démonos prisa, el otro estará a punto de llegar.

Raquel baja las escaleras con su deslumbrante aspecto cual princesa en un cuento de hadas, pero a la vez esposada con una cuerda de la que tira Ruby como si de un perro se tratara.

El salón está iluminado con una tenue luz cálida. Raquel mira sorprendida aquel escenario tan acogedor, familiar y festivo al mismo tiempo. Hay una relajante banda sonora proveniente del tocadiscos.

—¿Y los invitados? —pregunta Raquel una vez en la mesa mientras Ruby la ata con fuerza a su asiento por miedo a que escape.

—Creo que uno de ellos está en la cocina. Voy a por él.

Tras la breve ausencia, Ruby aparece empujando una silla de ruedas que estaciona al lado de Raquel, que, al instante, empieza a chillar aterrorizada y atormentada. En aquella silla, yace el cuerpo de Michael, putrefacto, medio descompuesto, con aquel profundo tajo en el centro de la cabeza desde el cual puede verse su cráneo y la mitad de su cerebro. Aun así, Ruby se tomó la molestia de limpiar la sangre y vestirlo con traje y corbata.

Alguien llama a la puerta.

Ruby, deprisa y corriendo, le pone su habitual mordaza a Raquel para que se mantenga callada, y un sombrero a Michael para ocultar su abismal corte. Después, corre hacia la puerta.

—Señor policía, ahora le contaba a mis padres su visita de esta mañana. ¿Qué hace por aquí?

—Estaba patrullando por esta calle y, de pronto, hemos oído un grito.

—Ah, pues nosotros no lo hemos percibido. Estamos escuchando música y hablando. Ya sabe…, de celebración.

—Entonces, no te importará si hablo un momento con ellos, ¿verdad?

—Adelante, señor, puede quedarse a cenar si quiere. La mesa esta puesta para cuatro —responde ella mientras abre la puerta invitándolo a entrar.

—Con permiso. Soy el agente Tresgallo, de la policía. Solo quería comprobar que todo estuviera en orden —se presenta acercándose por detrás de Michael y Raquel sin obtener respuesta alguna.

—Voy a buscar algo para picar —interrumpe la pequeña—, ¿quiere algo de beber?

—No, gracias, no es necesario.

De todas formas, Ruby se marcha a la cocina dejando solo al agente, que se adelanta para contemplar el precioso decorado del salón.

—Muy bonito —dice antes de escuchar el llanto ahogado de Raquel y su intento de pedir ayuda.

Tresgallo camina cuatro pasos hasta lograr ver el rostro de dolor y de desesperación de Raquel, al igual que el cuerpo del difunto Michael a su izquierda; una imagen fugaz que se apaga al recibir, desde detrás, un fuerte golpe en la cabeza que le hace caer inconsciente antes de poder reaccionar y pedir refuerzos, o de liberarlos, o de detener a la pequeña psicópata.

—¡Qué bien! —expresa Ruby feliz y sonriente—. Ahora tenemos un juguete nuevo.

25

Donald se percata de que no hay guardias custodiando el barracón. Todos están luchando en medio del campo, así que, junto a dos presos más, decide ir a por Sam; apenas lo conoce, pero no quiere dejarlo allí pudriéndose solo bajo las zarpas de aquellos malditos soldados.

Avanzan escondiéndose tras una trinchera hecha de cuerpos mientras recolectan armas de soldados caídos; armas para defenderse durante la batalla, pero que apenas usan debido a la gran fuerza ofensiva de La Resistencia.

Sam sigue allí, esposado al sillón, en un sueño tan profundo que ninguna de las explosiones a su alrededor ni ninguno de los golpes que le propina Donald al llegar parecen alterarle.

—Cargaré con él, cubridme —grita este último antes de volver al campo de batalla con el cuerpo de Sam en brazos.

Mientras, alguien trata de llamarle la atención gritando su nombre. Sin embargo, no logra escucharlo.

Uno de sus acompañantes cae abatido por un balazo disparado desde un punto cualquiera del campo. Aun así, ni siquiera eso sirve para frenarles en su huida.

—¡Aquí! —insiste, a unos metros de ellos, la voz de otro de los prisioneros, quien ha logrado hacerse con el control de un camión de La Resistencia.

Ahora, con Sam dormido en la caja del camión robado y Donald de pie a su lado observando cómo La Resistencia gana terreno y los D. A. P. se van quedando cada vez más contra las cuerdas, desaparecen entre el caos de la guerra y la negrura de la noche.

Por otra parte, el teléfono del despacho de Joseph está sonando. La persona que se encuentra al otro lado ha llamado para informarle del ataque y el alzamiento en aquel campo de prisioneros de la zona uno, y de que, además, a su pesar, sus hombres, acorralados, están perdiendo la batalla.

—Abrid la celda número ocho —responde él antes de colgar el teléfono y sentarse a esperar a que todo se arregle gracias a aquella última jugada.

Una vez fuera de peligro, Donald sigue intentando, sin éxito, despertar a Sam a base de golpes:

—¡Despierta, vamos! —repite múltiples veces al zarandearlo.

El camión se detiene alzando un humo blanco desde debajo del capó.

—¡No me jodas! ¿Y ahora qué?

—¡Esta chatarra ha dejado de funcionar! —le explica el conductor atizándole varios golpes a la caja—. ¡Tenemos que irnos!

—¡Vámonos, en marcha! —grita Donald tras sacar a Sam del camión y dejarlo sobre una montaña de desechos para ocultar levemente su posición—. Lo siento, amigo, no he podido hacer más. Espero que consigas despertar antes de que te encuentren.

Solamente treinta minutos después de que Joseph ordenara la apertura de la celda número ocho, la explosión más fuerte vista en la ciudad pone fin a la batalla, reduciendo a cenizas al instante aquel campo de prisioneros y sus inmediaciones. Una infinidad de almas calcinadas en un abrir y cerrar de ojos. El remanente de la explosión deja en el cielo una luz tan brillante que puede verse desde cualquier lugar de la ciudad.

Raquel mira el destello desde la ventana de su propia prisión en el Castillo Ruby, añorando la libertad de aquella estrella que surca el cielo.

Ivan, caminando por las ruinosas calles, detiene su paso para contemplarla con preocupación, deduciendo la gran destrucción que esta dejará a sus pies.

Incluso Sara, escondida en algún lugar del interior de la niebla, puede ver aquella intensa luz deslumbrando con fuerza; una chispa entre la oscuridad.

Tony, sentado en la biblioteca del refugio subterráneo de La Resistencia, no puede divisar el cielo, pero sí puede sentir la vibración de la onda expansiva mientras ojea unos archivos recopilados de Maddom.

Sam, al sentir la explosión, logra despertar y, con él, una voz en su cabeza. Abre los ojos y, sin mover un solo músculo, mira directamente hacia la resplandeciente luz del cielo como si fuera parte de un sueño, como si esa luz fuera la representación de su espíritu o de su consciencia.

«¿Es posible que al olvidarme del miedo me haya convertido en un demente?
Si lo pienso fríamente, ya no hay ningún lugar que me aterre, pues todos están igual de malditos.
Tampoco me asustan los monstruos ni el caos, pues con ambos convivo.
Siento que apenas siento, y no hay nada que ansíe tener ni que me importe perder. Al menos, ahora ya no.
Por lo tanto, lo último que me queda es dejar de resistir y entregar el dominio de mi mente al reino de la locura».

CONTINUARÁ...

ARCHIVOS DE MADDOM

Después de que Beatrix Martin rechazara la solicitud de Tony para unirse a los guerreros de La Resistencia y partiera hacia una batalla que acabaría con la vida de cientos de personas, incluidos muchos de ellos, este se propuso estudiar e investigar todo lo posible acerca de Maddom (tanto del antiguo como del nuevo) y, sobre todo, de las tenebrosas vidas de sus presos.
Ojeando documentos encontrados en la biblioteca de aquel refugio subterráneo, se detuvo frente a los archivos de tres de los reclusos, en cuyo camino se cruzó sin prácticamente darse cuenta:

FICHA DE INTERNO

DIRECCIÓN Y ADMINISTRACIÓN PENITENCIARIA

NOMBRE: NORA GRIFFITH   Nº. CELDA: 203

FECHA DE NACIMIENTO: AGOSTO '09

PERFIL
Genero: MUJER
Piel: BEIGE
Ojos: OSCUROS
Cabello: CASTAÑO
Altura: 139
Peso: 35

RASGOS IDENTIFICABLES: N/A

☒ Penado   ☐ Voluntario

CAUSA DEL INGRESO: ASESINATO

Fecha de ingreso: DIC '18

ANTECEDENTES: N/A

FAMILIA: HUÉRFANA

OCUPACIÓN: ESTUDIANTE

CONDICIONES PSICOLÓGICAS:
8/SER MANIPULADA
T. IDENTIDAD DISOCIATIVA - RUBY

GRUPO: DOMINIO

INFORMACIÓN MEDICA ADLC: N/A

NIVEL DE SEGURIDAD: SIN RIESGO || POCO PELIGROSO || (PELIGROSO) || MUY PELIGROSO

DR. / DRA:

FICHA DE INTERNO
DIRECCIÓN Y ADMINISTRACIÓN PENITENCIARIA

NOMBRE: PAULA BAKER   N°. CELDA: 97

FECHA DE NACIMIENTO: ENERO '79

PERFIL
- Genero: MUJER
- Piel: BLANCA
- Ojos: OSCUROS
- Cabello: NEGRO
- Altura: 180
- Peso: 56

RASGOS IDENTIFICABLES: N/A

☒ Penado   ☐ Voluntario

CAUSA DEL INGRESO: SECUESTRO, ASESINATO, CANIBALISMO

Fecha de ingreso: FEB '91

ANTECEDENTES: VÍCTIMA DE VIOLACIÓN

FAMILIA: MADRE - SUSAN BAKER
HERMANA - ELIZABETH BAKER

OCUPACIÓN: ESTUDIANTE

CONDICIONES PSICOLOGICAS:
8/ARAÑAS
ALUCINACIONES, LICANTROPÍA

GRUPO: FIGURA

INFORMACIÓN MEDICA ADLC. N/A

NIVEL DE SEGURIDAD: SIN RIESGO || POCO PELIGROSO || PELIGROSO || (MUY PELIGROSO)

DR. / DRA:

FICHA DE INTERNO
DIRECCIÓN Y ADMINISTRACIÓN PENITENCIARIA

NOMBRE: HANS PIK   Nº. CELDA: 32

FECHA DE NACIMIENTO: MARZO '54

PERFIL
Género: HOMBRE
Piel: CLARA
Ojos: AZULES
Cabello: CANOSO
Altura: 168
Peso: 82

RASGOS IDENTIFICABLES: CICATRIZ LATERAL IZQUIERDO CARA / CUELLO

☒ Penado   ☐ Voluntario

CAUSA DEL INGRESO: TERRORISMO/ CRIMEN ORGANIZADO

Fecha de ingreso: DIC '89

ANTECEDENTES: N/A

FAMILIA: HIJO - PIETRO PIK

OCUPACIÓN: POLICÍA

CONDICIONES PSICOLOGICAS: TRASTORNO DE PERSONALIDAD NARCISISTA

GRUPO: CAOS

INFORMACIÓN MEDICA ADLC: PROBLEMAS CARDÍACOS

NIVEL DE SEGURIDAD: SIN RIESGO || POCO PELIGROSO || (PELIGROSO) || MUY PELIGROSO

DR. / DRA.:

SOBRE EL AUTOR

La afición de **S. A. M.** (Sergi Aparici Mañé) por la escritura nació tras años de escribir canciones para Sam Scares, su banda de música metal. Sus canciones siempre han contado historias ficticias, aunque de forma muy breve. Cuando creó *The Falling Man,* dio un paso más, pues lo escribió de forma conceptual, de modo que cada canción, enlazada con la siguiente, era un nuevo capítulo para el protagonista, que, tras saltar de una azotea, caía permanentemente hasta el infierno recordando los momentos que destruyeron su vida. Fue justo después de la publicación de este cuando surgieron sus ganas por plasmar esas historias de terror y ciencia ficción en papel, creando en su mente un universo en expansión cuyo epicentro es **Maddom**.

www.ingramcontent.com/pod-product-compliance
Lightning Source LLC
LaVergne TN
LVHW090007180726

843489LV00001B/429